PENGUIN
COMPANHIA DAS LETRAS

O coronel Chabert

HONORÉ DE BALZAC nasceu em Tours em 1799, filho de um funcionário público. Passou quase seis anos interno em um colégio de Vendôme e depois se fixou em Paris, onde exerceu a função de estagiário em um escritório de advocacia e, posteriormente, de escritor *freelance*. Entre 1820 e 1824, adotando diversos pseudônimos, escreveu alguns romances, boa parte deles em colaboração, e a seguir tentou inutilmente a sorte na atividade de editor, impressor e tipógrafo. Aos trinta anos, muito endividado, retomou a literatura com grande empenho e escreveu o primeiro romance publicado em seu nome, *A Bretanha*. Nos vinte anos seguintes, escreveu cerca de noventa romances e contos, entre os quais muitas obras-primas que receberam o nome abrangente de *A comédia humana*. Como disse o próprio Balzac: "O que ele [Napoleão] não conseguiu concluir com a espada, eu o realizarei com a pena". Faleceu em 1850, alguns meses depois de se casar com Evelina Hanska, a condessa polonesa com quem manteve relações durante dezoito anos.

EDUARDO BRANDÃO nasceu no Rio de Janeiro em 1946. Trabalhou como repórter do *Correio da Manhã* entre 1966 e 1968. A partir da década de 1970 dedicou-se à tradução de obras literárias e de ciências humanas (em especial, filosofia e história), assim como de obras voltadas aos leitores infantojuvenis. Traduz principalmente do francês e do espanhol, com predileção pelas literaturas espanhola e hispano-americana contemporâneas. Pela Companhia das Letras traduziu *Amuleto*, *2666* e *Putas assassinas*, entre outros livros de Roberto Bolaño; do madrilenho Javier Marías, *Quando fui mortal*, *O homem sentimental*, *Coração tão branco* e os três volumes de *Seu rosto amanhã*.

Honoré de Balzac

O coronel Chabert

Tradução de
EDUARDO BRANDÃO

PENGUIN
COMPANHIA DAS LETRAS

Grafia atualizada segundo o Acordo Ortográfico da Língua Portuguesa de 1990, que entrou em vigor no Brasil em 2009.

Published by Companhia das Letras in association with Penguin Group (USA) Inc.

TÍTULO ORIGINAL
Le Colonel Chabert

CAPA E PROJETO GRÁFICO PENGUIN-COMPANHIA
Raul Loureiro, Claudia Warrak

PREPARAÇÃO
Silvana Afram

REVISÃO
Ana Luiza Couto

Dados Internacionais de Catalogação na Publicação (CIP)
(Câmara Brasileira do Livro, SP, Brasil)

Balzac, Honoré de, 1799-1850.
O coronel Chabert / Honoré de Balzac; tradução Eduardo Brandão. — 1ª ed. — São Paulo: Penguin Classics Companhia das Letras, 2013.

Título original: Le Colonel Chabert
ISBN 978-85-63560-74-2

1.Ficção francesa I. Título

13-07807 CDD 843

Índice para catálogo sistemático:
1. Ficção: Literatura francesa 843

[2013]

EDITORA SCHWARCZ S.A.
Rua Bandeira Paulista, 702, cj. 32
04532-002 — São Paulo — SP
Telefone: (11) 3707-3500 Fax: (11) 3707-3501
www.penguincompanhia.com.br
www.companhiadasletras.com.br
www.blogdacompanhia.com.br

O coronel Chabert

À senhora condessa Ida de Bocarmé,
née *Du Chasteler*

— Ora, ora! Lá vem de novo o capote velho!

Essa exclamação escapava de um escriturário do tipo daqueles que nos escritórios de advocacia chamam de pula-brejo e que naquele momento mordia com apetite um pedaço de pão; separou um pouco de miolo para fazer uma bolinha que atirou zombeteiramente pela abertura de uma janela na qual estava encostado. Bem mirada, a bolinha ressaltou quase até a altura dos caixilhos, depois de ter acertado o chapéu de um desconhecido que atravessava o pátio interno de um edifício situado na rue Vivienne, onde residia o advogado Derville.

— O que é isso, Simonnin, não brinque com os outros, senão ponho você no olho da rua. Por mais pobre que seja, um cliente é sempre um homem, que diabo! — disse o escriturário principal, interrompendo a soma de uma nota de despesas.

Geralmente, um pula-brejo é, como Simonnin, um garoto de treze a catorze anos, que em todos os escritórios de advocacia se encontra sob a dominação especial do escriturário principal, de cujos pequenos serviços e recados amorosos se encarrega quando vai levar os ofícios aos meirinhos e as petições ao Palácio de Justiça. Ele tem a ver com os meninos de rua parisienses por seus modos e com a chicana por seu destino. É um garoto quase sempre implacável, irrefreável, indisciplinável, fazedor de rimas indecentes, trocista, ávido e preguiçoso. Apesar disso, todos esses pequenos auxiliares têm uma mãe velha que mora num quinto andar, com a qual compartilham os trinta ou quarenta francos que recebem por mês.

— Se é um homem, por que então o senhor o chama de capote velho? — disse Simonnin, fazendo a cara do estudante que pega o professor em erro.

Voltou a comer o pão e o queijo encostando o ombro no montante da janela, pois ele descansava de pé, como os cavalos dos cabriolés, uma das pernas erguida e apoiada na outra pela ponta do sapato.

— Que peça poderíamos pregar nesse sujeito? — disse em voz baixa o terceiro escriturário, chamado Godeschal, parando no meio de um raciocínio que elaborava numa petição minutada pelo quarto escriturário e cujas cópias eram feitas por dois novatos vindos da província. Depois continuou seu improviso:

— *...Mas, em sua nobre e benevolente sabedoria, Sua Majestade, Luís Dezoito (escreva por extenso, ouviu, ó sábio Desroches, pois que redige o original!), a alta missão a que é convocada pela Divina Providência!...... (ponto de exclamação e seis pontinhos: no Palácio são pios o bastante para perdoá-los), e seu primeiro pensamento foi, como prova a data do decreto abaixo citado, reparar os infortúnios causados pelos terríveis e tristes desastres de nossos tempos revolucionários, restituindo a seus fiéis e numerosos servidores (numerosos é uma lisonja que deve agradar ao Palácio) todos os seus bens não vendidos, quer se encontrassem no domínio público, quer se encontrassem no domínio ordinário ou extraordinário da Coroa, quer enfim se encontrassem nas dotações de estabelecimentos públicos, porque somos e nos pretendemos capazes de sustentar que é esse o espírito e o sentido do célebre e tão leal decreto promulgado em...*

— Esperem — disse Godeschal aos três escriturários. — Essa frase celerada encheu o fim da minha página. Bom —

prosseguiu, molhando com a língua o verso do fólio a fim de poder virar a página espessa de seu papel timbrado —, se quiserem lhe pregar uma partida, digam que o senhor Derville só pode falar com seus clientes entre as duas e as três da manhã: veremos se esse velho malfeitor vai aparecer!

E Godeschal retomou a frase iniciada:

— ... *promulgado em*... Estão prontos?

— Sim! — exclamaram os três copistas.

Tudo avançava ao mesmo tempo, a petição, a conversa e a conspiração.

— *Promulgado em*... Ei, senhor Boucard, qual é a data do decreto? Diacho, tem de pôr pingo nos is, para encher mais páginas!

— Diacho! — repetiu um dos copistas antes que Boucard, o escriturário principal, respondesse.

— O quê! O senhor escreveu diacho? — exclamou Godeschal, olhando para um dos novatos com um ar ao mesmo tempo severo e zombeteiro.

— Não é que escreveu? — disse Desroches, o quarto escriturário, inclinando-se sobre a cópia do seu vizinho. — Ele escreveu: *Tem de pôr pingo nos is* e *diaxo*, com xis.

Todos os presentes caíram na gargalhada.

— Como, senhor Huré, o senhor acha que *diacho* é um termo de direito? E ainda diz que é de Mortagne! — exclamou Simonnin.

— Apague isso bem apagado! — disse o escriturário principal. — Se o juiz encarregado de taxar a causa visse uma coisa dessas diria que estão de caçoada! Vocês causariam aborrecimentos ao senhor Derville. Vamos, não me faça mais esse tipo de besteira, senhor Huré. Um normando não deve escrever descuidadamente uma petição. É o apresentar armas dos homens de lei.

— *Promulgado em... em*... Quando foi mesmo, Boucard? — perguntou Godeschal.

— Junho de 1814 — respondeu o chefe dos escriturários sem parar seu trabalho.

Uma batida na porta do escritório interrompeu a frase da prolixa petição. Cinco escriturários dotados de belos dentes, olhos vivos e zombeteiros, bastos cabelos crespos, ergueram o nariz para a porta, depois de terem gritado todos com voz de cantor de igreja: "Entre!". Boucard continuou com a cara enterrada num monte de autos, ditos "baboseiras" em estilo forense, e continuou a fazer a nota de despesas em que trabalhava.

O gabinete era uma grande sala decorada com a clássica estufa que guarnece todos os antros da chicana. Os tubos atravessavam diagonalmente o local até a chaminé de uma lareira condenada sobre cujo mármore viam-se diversos pedaços de pão, triângulos de queijo brie, costeletas frescas de porco, copos, garrafas e a xícara de chocolate do chefe dos escriturários. O cheiro desses comestíveis se amalgamava tão bem com o fedor da estufa desmesuradamente aquecida, com o aroma típico dos escritórios e do papelório, que o fedor de uma raposa teria passado despercebido. O assoalho já estava coberto da lama e da neve trazida pelos escriturários. Perto da janela ficava a escrivaninha de rolo do escriturário principal, à qual estava encostada a mesinha destinada ao segundo escriturário. O segundo escriturário estava em diligência no Palácio de Justiça. Talvez fossem oito ou nove da manhã. O escritório tinha como único ornamento aqueles grandes cartazes amarelos que anunciam arrestos de imóveis, vendas, leilões para a divisão de bens entre maiores e menores de idade, adjudicações definitivas ou preparatórias, a glória dos advogados! Atrás do chefe dos escriturários havia uma enorme estante que ocupava a parede de alto a baixo, cujos nichos estavam repletos de maços de que pendiam um número infinito de etiquetas e fios vermelhos, que dão uma fisionomia especial às pastas de processos. As fileiras inferiores da estante estavam cheias de caixas de papelão amareladas pelo uso, com bordas azuis, nas quais se liam os nomes dos grandes clientes cujos casos apetitosos estavam sendo cozinhados naquele momento. Os vidros imundos da janela deixavam entrar um pouco de luz. Aliás, no mês de fevereiro, há em Paris pouquíssimos escritórios de advocacia onde se possa escrever antes das dez horas sem a ajuda de um lampião, porque todos eles são objeto de uma negligência bastante compreensível: todo mundo vai lá, ninguém fica, nenhum interesse pessoal se prende ao que é tão banal; nem o advogado, nem os litigantes, nem os escriturários se preocupam com a elegância de um lugar que para uns é uma sala, para outros uma passagem, para o jurista um laboratório. O mobiliário sebento é transmitido de advogado a advogado com um escrúpulo tão religioso que alguns escritórios ainda têm caixas de resíduos, agulhas para costurar pergaminhos, sacos provenientes dos procuradores do *Chlet*, abreviação da palavra CHÂTELET, jurisdição que representava na antiga ordem das coisas o Tribunal de Primeira Instância atual. Esse escritório escuro, empoeirado, tinha portanto, como todos os outros, algo de repulsivo para os litigantes e que fazia deles uma das mais horrorosas monstruosidades parisienses. Claro, se as sacristias úmidas onde as preces são pesadas e pagas como especiarias, se as lojas de roupas usadas nas quais flutuam farrapos que fazem fenecer todas as ilusões da vida mostrando-nos onde terminam nossas festas, se essas duas cloacas da poesia não existissem, um escritório de advocacia seria de todos os estabelecimentos sociais o mais horrível. Mas assim é com a casa de jogo, o tribunal, a casa lotérica e os lugares mal-afamados. Por quê? Talvez aí o drama, desenrolando-se na alma do homem, faça com que os acessórios lhe sejam indiferentes: o que também explicaria a simplicidade dos grandes pensadores e dos grandes ambiciosos.

— Onde está meu canivete?

— Estou fazendo meu repasto matinal!

— Vá plantar batatas!

— Psiu, senhores!

Essas diversas exclamações partiram ao mesmo tempo no momento em que o velho consulente fechou a porta com essa espécie de humildade que desnatura os movimentos do homem infeliz. O desconhecido tentou sorrir, mas os músculos do seu rosto se distenderam quando procurou em vão alguns sintomas de amenidade nos rostos inexoravelmente desinteressados dos seis escriturários. Acostumado sem dúvida a julgar os homens, ele se dirigiu polidamente ao pula-brejo, esperando que o judiado rapaz lhe respondesse com delicadeza.

— Posso ver seu patrão?

O malicioso pula-brejo respondeu ao pobre homem batendo repetidas vezes com os dedos da mão esquerda na orelha, como a dizer: "Sou surdo".

— O que deseja, senhor? — perguntou Godeschal, que enquanto fazia essa indagação engolia um bocado de pão com o qual daria para carregar uma peça de artilharia de quatro libras, brandia sua faca e cruzava as pernas pondo à altura do olho o pé que estava no ar.

— Estou vindo aqui, senhor, pela quinta vez — respondeu o supliciado. — Gostaria de falar com o senhor Derville.

— Por uma causa?

— Sim, mas só posso explicar a ele...

— O senhor Derville está dormindo. Se o senhor desejar consultá-lo por alguma dificuldade, ele só trabalha seriamente à meia-noite. Mas, se quiser nos explicar a sua causa, poderíamos tão bem quanto ele...

O desconhecido permaneceu impassível. Pôs-se a olhar modestamente em torno como um cão que, insinuando-se numa cozinha estranha, teme apanhar. Por obra e graça do seu ofício, os escriturários nunca têm medo dos ladrões, por isso não desconfiaram do homem do capote e deixaram-no observar o local, onde procurava em vão um assento para descansar, porque estava visivelmente cansado. Por sistema, os advogados deixam poucas cadeiras em seu escritório. O cliente comum, cansado de esperar em pé, vai embora, resmungando mas sem fazer que percam um tempo que, conforme dizia um velho causídico, não pode ser cobrado.

— Senhor — ele respondeu —, já tive a honra de lhe avisar que só podia explicar meu caso ao senhor Derville, vou esperar que acorde.

Boucard havia terminado sua adição. Sentiu o cheiro do seu chocolate, levantou da sua poltrona de vime, foi até a lareira, mediu o velho de alto a baixo, observou o capote e fez uma careta indescritível. Certamente pensou que, como quer que espremessem aquele cliente, seria impossível arrancar dele um só centavo; interveio então com uma fala breve, na intenção de livrar o escritório de uma causa ruim.

— É verdade o que eles dizem, senhor. O senhor Derville só trabalha de noite. Se o seu caso é grave, aconselho-o a voltar à uma da manhã.

O consulente olhou para o chefe dos escriturários com um ar estúpido e ficou imóvel por um momento. Acostumados a todas as mudanças de fisionomia e aos singulares caprichos produzidos pela indecisão ou pelo devaneio que caracteriza os litigantes, os escriturários continuaram a comer, fazendo com suas mandíbulas tanto barulho quanto devem fazer os cavalos no cocho, e não prestaram mais atenção no velhote.

— Senhor, virei esta noite — disse enfim o velho, que, por uma tenacidade típica dos infortunados, queria pegar a humanidade em flagrante delito.

O único sarcasmo permitido à Miséria é obrigar a Justiça e a Benevolência a recusas injustas. Quando convencem a Sociedade da mentira, os infortunados se lançam mais vivamente no seio de Deus.

— Que sujeito petulante! — fez Simonnin sem esperar o velho fechar a porta.

— Parece um desterrado — comentou o último escriturário.

— Deve ser algum coronel reclamando um atrasado — disse o chefe dos escriturários.

— Não, é um ex-porteiro — disse Godeschal.

— Aposto que é nobre — exclamou Boucard.

— Aposto que foi porteiro — replicou Godeschal. — Os porteiros são os únicos dotados pela natureza de redingotes gastos, engordurados e com a bainha desfiada como a desse velhote. Vocês não viram suas botas furadas que deixam a água passar, e a gravata que lhe serve de camisa? Ele dormiu debaixo da ponte.

— Poderia ser nobre e ter sido porteiro — exclamou Desroches. — Acontece.

— Não — retrucou Boucard em meio às risadas. — Garanto que foi cervejeiro em 1789 e coronel na República.

— Pois eu aposto um espetáculo para todo mundo que ele não foi militar — disse Godeschal.

— Combinado — respondeu Boucard.

— Senhor! Senhor! — gritou o pula-brejo abrindo a janela.

— O que você está fazendo, Simonnin? — perguntou Boucard.

— Chamando-o para perguntar se é coronel ou porteiro, ele, sim, deve saber.

Todos os escriturários caíram na gargalhada. Quanto ao velhote, já subia a escada.

— O que vamos lhe dizer? — indagou Godeschal.

— Deixe comigo — respondeu Boucard.

O pobre homem entrou timidamente baixando os olhos, talvez para não revelar sua fome ao olhar com demasiada avidez para os comestíveis.

— Senhor — disse-lhe Boucard —, poderia fazer o obséquio de nos dizer seu nome, para que o senhor Derville saiba se...

— Chabert.

— O coronel morto em Eylau? — perguntou Huré, que, não tendo dito nada ainda, estava louco para acrescentar sua graçola.

— Ele mesmo, senhor — respondeu o sujeito com uma simplicidade antiga. E se retirou.

— Ora essa!

— Acertei!

— Puf!

— Oh!

— Ah!

— Bum!

— Velho gaiato!

— Rataplã, plã, plã!

— Vitória!

— Senhor Desroches, o senhor irá ao espetáculo sem pagar — disse Huré ao quarto escriturário, aplicando-lhe no ombro um tapa capaz de matar um rinoceronte.

Foi uma torrente de gritos, risadas e exclamações, para cuja descrição seria necessário usar todas as onomatopeias da língua.

— A que teatro iremos?

— À Ópera! — exclamou o chefe dos escriturários.

— Antes de mais nada — interveio Godeschal —, o teatro não foi designado. Se eu quiser, posso levar os senhores ao teatro de madame Saqui.[1]

— Madame Saqui não é um espetáculo — disse Desroches.

— E o que é um espetáculo? — replicou Godeschal. — Primeiro vamos deixar claro o *ponto de fato*. O que foi que apostei, senhores? Um espetáculo. O que é um espetáculo? Uma coisa a que a gente vê.

— Mas desse modo o senhor pagaria a aposta nos

1 Célebre dançarina de corda bamba (1786-1866), teve um teatro em Paris até a data desta novela. (Todas as notas são do tradutor e foram baseadas na edição da Garnier-Flammarion.)

levando para ver a água correr sob a Pont-Neuf! — exclamou Simonnin, interrompendo-o.

— Que a gente vê pagando — prosseguia Godeschal.

— Mas pagando vemos muitas coisas que não são um espetáculo. A definição não é exata — disse Desroches.

— Os senhores querem me ouvir?!

— Está dizendo bobagens, meu caro — interveio Boucard.

— Curtius não é um espetáculo?

— Não — respondeu o chefe dos escriturários. — É um gabinete de figuras de cera.

— Aposto cem francos contra um vintém — prosseguiu Godeschal — que o gabinete de Curtius constitui um conjunto de coisas a que se atribui o nome de espetáculo. Ele comporta uma coisa para ser vista por diferentes preços conforme os diferentes lugares em que o espectador queira sentar.

— Patati, patatá — fez Simonnin.

— Olha lá que lhe dou um bofetão! — disse Godeschal.

Os escriturários deram de ombro.

— Aliás, não ficou provado que esse macaco velho não zombou de nós — disse ele, cessando sua argumentação sufocada pelo riso dos outros. — A bem da verdade, o coronel Chabert morreu, sua mulher se casou novamente com o conde Ferraud, conselheiro de Estado. A senhora Ferraud é uma das clientes do escritório.

— A causa fica adiada para amanhã — disse Boucard. — Ao trabalho, senhores! Apre! Ninguém faz nada aqui. Acabem logo essa petição, ela tem de ser notificada antes da audiência da quarta Câmara. O caso vai ser julgado hoje. Vamos, a galope!

— Se fosse o coronel Chabert, não teria acertado a ponta do pé no traseiro desse patusco do Simonnin, quando bancou o surdo? — disse Desroches, considerando essa sua observação como mais concludente que a de Godeschal.

— Já que nada ficou decidido — prosseguiu Boucard —, combinemos ir num camarote do segundo andar do Théâtre Français ver Talma como Nero. Simonnin irá num assento de plateia.

Dito isto, o escriturário principal sentou-se à sua mesa e todos o imitaram.

— *Promulgado em junho de mil oitocentos e catorze* (por extenso) — disse Godeschal. — Estão prontos?

— Estamos — responderam os dois copistas e Desroches, cujas penas recomeçaram a chiar no papel timbrado, fazendo na sala o barulho de cem besouros encerrados por escolares em cones de papel.

— *E esperamos que os Senhores que compõem o tribunal* — disse o improvisador. — Alto! Preciso reler minha frase, não estou mais me entendendo.

— Quarenta e seis... Isso deve acontecer o tempo todo!... E três, quarenta e nove — disse Boucard.

— *Esperamos* — prosseguiu Godeschal depois de reler tudo — *que os Senhores que compõem o tribunal não sejam menos grandiosos que o augusto autor do decreto e façam justiça contra as miseráveis pretensões da administração da grande chancelaria da Legião de Honra, firmando jurisprudência no sentido amplo que estabelecemos aqui...*

— Senhor Godeschal, quer um copo d'água? — perguntou o aprendiz de escriturário.

— Esse Simonnin é um patusco! — disse Boucard. — Escute aqui, prepare seus cavalos de sola dupla, pegue este pacote e toque para os Invalides.

— *Que estabelecemos aqui* — prosseguiu Godeschal. — Acrescentem: *no interesse da senhora...* (por extenso) *viscondessa de Grandlieu...*

— Como — exclamou o escriturário principal — o senhor ousa fazer petições no caso da viscondessa de Grandlieu contra a Legião de Honra, um caso por conta do escritório, a custo fechado? Faça o favor de deixar suas cópias e sua minuta de lado, guarde isso para o caso Navarreins contra os Hospitais. Está tarde, preciso fazer um pedido de audiência, com considerandos, eu mesmo vou ao Palácio...

Essa cena representa um dos mil prazeres que, mais tarde, farão dizer pensando na juventude: "Bons tempos aqueles!".

Por volta de uma da manhã, o suposto coronel Chabert veio bater na porta do sr. Derville, advogado junto ao Tribunal de Primeira Instância do Departamento do Sena. O porteiro respondeu que o sr. Derville não havia voltado. O velhote alegou que tinha hora marcada e subiu à casa do célebre jurista, que, apesar da sua juventude, era tido como uma das melhores cabeças do Palácio de Justiça. Depois de tocar, o desafiante solicitador ficou surpreso ao ver o primeiro escriturário arrumando na mesa da sala de jantar do sr. Derville as numerosas pastas com os casos que entrariam em pauta no dia seguinte. O escriturário, não menos surpreso, cumprimentou o coronel e convidou-o a sentar: o que o consulente fez.

— Juro, senhor, que pensei que estavam brincando ontem ao me indicar uma hora tão matinal para uma consulta — disse o velhote com a falsa alegria de um homem arruinado que se esforça para sorrir.

— Os escriturários brincavam e diziam a verdade ao mesmo tempo — replicou o principal, continuando seu trabalho. — O senhor Derville escolhe essa hora para examinar suas causas, determinar seus procedimentos, ordenar a conduta a ter, preparar as defesas. Sua prodigiosa inteligência é mais livre nesse momento, o único em que tem o silêncio e a tranquilidade necessários para a concepção das boas ideias. Desde que ele é advogado junto ao tribunal, o senhor é o terceiro exemplo de uma consulta dada a esta hora noturna. Quando voltar, o senhor Derville discutirá um ou outro caso, lerá tudo, passará talvez quatro ou cinco horas trabalhando; depois me chamará e me explicará suas intenções. De manhã, das dez às duas, ele ouve seus clientes, depois consagra o resto do dia a seus encontros. De noite, sai para a vida social, a fim de cultivar suas relações. Só lhe resta, portanto, a madrugada para aprofundar seus processos, pesquisar os arsenais do Código e traçar seus planos de batalha. Não quer perder nenhuma causa, tem amor por sua arte. Não pega, como seus confrades, qualquer tipo de caso. Assim é sua vida, singularmente ativa. Por isso ganha tanto dinheiro.

Ao ouvir essa explicação, o velhote ficou em silêncio, e sua figura bizarra adquiriu uma expressão tão privada de inteligência que o escriturário, tendo-o observado, não se preocupou mais com ele. Instantes depois, Derville voltava, de traje de baile; seu escriturário principal abriu-lhe a porta e foi terminar de classificar as pastas. O jovem advogado ficou estupefato por um momento, ao entrever no claro-escuro o singular cliente que o aguardava. O coronel Chabert estava tão perfeitamente imóvel quanto pode estar uma figura de cera no tal gabinete de Curtius, onde Godeschal quis levar seus colegas. Aquela imobilidade talvez não houvesse sido causa de espanto, se não estivesse completada pelo espetáculo sobrenatural que o conjunto do personagem apresentava. O velho soldado era seco e magro. Sua testa, voluntariamente escondida sob os cabelos da sua peruca lisa, lhe dava um quê de misterioso. Seus olhos pareciam cobertos por uma membrana transparente: dir-se-ia uma madrepérola suja cujos reflexos azulados cintilavam à luz das velas. O rosto pálido, lívido, talhado a foice, se me permitem usar essa expressão vulgar, parecia morto. O pescoço estava apertado por uma gravata ordinária de seda preta. A sombra ocultava tão bem o corpo a partir da linha amarronzada que aquele andrajo descrevia, que um homem imaginativo poderia ter confundido aquela velha cabeça com uma silhueta devida ao acaso, ou um retrato de Rembrandt sem moldura. As abas do chapéu que cobriam a testa do velho projetavam uma esteira negra no alto do rosto. Esse efeito esquisito, embora natural, punha em relevo, pela brusquidão do contraste, as rugas brandas, as sinuosidades frias, a sensação desbotada dessa fisionomia cadavérica. Enfim, a ausência de qualquer movimento no corpo, de qualquer calor no olhar combinava com certa expressão de demência triste, com os degradantes sintomas que caracterizam o idiotismo, fazendo daquela figura um não sei quê de funesto que nenhuma palavra humana poderia exprimir. Mas um observador, principalmente um advogado, teria encontrado além disso nesse homem fulminado os indícios de uma miséria que havia degradado aquele rosto, como as gotas d'água caídas do céu num belo mármore acabaram com o tempo desfigurando-o. Um médico, um autor, um magistrado teriam pressentido todo um drama no aspecto desse sublime horror cujo menor mérito era se parecer com essas fantasias que os pintores se comprazem em desenhar ao pé de suas pedras litográficas enquanto conversam com os amigos.

Ao ver o advogado, o desconhecido estremeceu com um movimento convulsivo parecido com o que escapa dos poetas quando um barulho inesperado vem distraí-los de um devaneio fecundo, no meio do silêncio e da noite. O velhote se descobriu prontamente e se levantou para cumprimentar o jovem bacharel; como o couro que guarnecia o interior do chapéu estava sem dúvida bastante ensebado, a peruca ficou colada nele sem que o ancião percebesse, deixando ver seu crânio nu horrivelmente mutilado por uma cicatriz transversal que partia do occipital e vinha morrer no olho direito, formando ao longo de toda ela uma grossa costura saliente. O súbito tirar daquela peruca suja, que o pobre homem usava para esconder seu ferimento, não deu nenhuma vontade de rir aos dois homens de lei, a tal ponto aquele crânio fendido era assustador de ver. O primeiro pensamento que o aspecto desse ferimento sugeria era: "A inteligência escapou por ali!".

"Se não for o coronel Chabert, deve ser um soldado destemido", pensou Boucard.

— Com quem tenho a honra de falar? — indagou Derville.

— Com o coronel Chabert.

— Qual?

— Aquele que morreu em Eylau — respondeu o velhote.

Ao ouvir essa frase singular, o escriturário e o advogado trocaram um olhar que significava: "É um louco!".

— Senhor — prosseguiu o coronel —, gostaria de confiar somente a si o segredo da minha situação.

Uma coisa digna de nota é a intrepidez natural dos advogados. Seja pelo costume de receber um grande número de pessoas, seja pela profunda sensação de proteção que as leis lhes concedem, seja pela confiança em seu mister, eles vão a toda parte sem nada temer, como os padres e os médicos. Derville fez um sinal a Boucard, que desapareceu.

— Senhor — disse o advogado —, de dia não sou muito avaro com o meu tempo, mas no meio da noite os minutos me são preciosos. Assim, seja breve e conciso. Vá direto ao assunto, sem digressão. Eu mesmo lhe pedirei os esclarecimentos que me parecerão necessários. Fale.

Depois de ter feito seu singular cliente sentar-se, o jovem bacharel sentou-se por sua vez diante da mesa; e, enquanto prestava atenção no discurso do falecido coronel, folheava seus processos.

— Senhor — disse o defunto —, talvez saiba que eu comandava um regimento de infantaria em Eylau. Tive um papel importante no sucesso da célebre carga feita por Murat, a qual foi decisiva para a vitória. Infelizmente para mim, minha morte é um fato histórico consignado nas *Vitórias e conquistas*, onde é relatada em detalhe. Rompemos no meio as três linhas russas, que, tendo se recomposto logo em seguida, nos obrigaram a atravessá-las novamente em sentido contrário. No momento em que voltávamos para junto do imperador, depois de termos dispersado os russos, encontrei uma grande tropa da cavalaria inimiga. Precipitei-me em direção àqueles teimosos. Dois oficiais russos, dois verdadeiros gigantes me atacaram ao mesmo tempo. Um deles me aplicou na cabeça um golpe de sabre que fendeu tudo, até um gorro de seda preta que eu trazia na cabeça, e abriu profundamente meu crânio. Caí do cavalo. Murat veio em meu socorro, passou por cima do meu corpo, ele e toda a sua gente, mil e quinhentos homens, desculpe se acha pouco! Minha morte foi anunciada ao imperador, que, por prudência (o chefe gostava um bocado de mim!), quis saber se não haveria alguma chance de salvar o homem a quem devia aquele vigoroso ataque. Enviou para me reconhecer e me levar às ambulâncias[2] dois cirurgiões dizendo a eles, talvez um tanto negligentemente, pois estava atarefadíssimo: "Vão ver se por acaso meu pobre Chabert está vivo". Esses magarefes, que acabavam de me ver pisoteado pelos cavalos de dois regimentos, sem dúvida se dispensaram de tomar meu pulso e disseram que eu estava morto. Assim, o atestado do meu óbito foi provavelmente feito conforme as regras estabelecidas pela jurisprudência militar.

Ouvindo seu cliente se expressar com uma lucidez perfeita e contar fatos tão verossímeis, apesar de estranhos, o jovem advogado deixou seus processos, pousou o cotovelo esquerdo na mesa, enfiou a cabeça na mão e olhou fixamente para o coronel.

— O senhor sabe — disse, interrompendo-o — que sou advogado da condessa Ferraud, viúva do coronel Chabert?

— Minha mulher! Sim, sei. Por isso, depois de incontáveis tentativas com homens de lei que me deram, todos, por louco, decidi vir vê-lo. Dos meus infortúnios falarei mais tarde. Deixe-me primeiro estabelecer os fatos, melhor dizendo, explicar ao senhor como devem ter acon-

2 Hospitais de campanha.

tecido, como se produziram. Certas circunstâncias, que só devem ser conhecidas pelo Padre Eterno, me obrigam a apresentar várias delas como hipóteses. Bom, meu senhor, os ferimentos que sofri provavelmente devem ter me causado tétano, ou me levaram a uma crise análoga a uma doença chamada, creio eu, catalepsia. Senão, como conceber que tenha sido, conforme o uso da guerra, despojado das minhas roupas e jogado na vala comum com os soldados pela gente encarregada de enterrar os mortos? Aqui, permita-me inserir um detalhe de que só pude tomar conhecimento depois do acontecimento que deve ser chamado de minha morte. Encontrei em 1814, em Stuttgart, um ex-sargento do meu regimento. Esse bom homem, o único que quis me reconhecer e de quem lhe falarei daqui a pouco, me explicou o fenômeno da minha conservação, dizendo-me que meu cavalo havia sido atingido no flanco por uma bala de canhão no momento em que eu próprio fui ferido. O animal e o cavaleiro caíram, portanto, como um castelo de cartas. Ao cair, para a direita ou para a esquerda, sem dúvida fui coberto pelo corpo do meu cavalo, que não me deixou ser pisoteado pelos cavalos nem atingido pelas balas. Quando voltei a mim, senhor, eu estava numa posição e numa atmosfera de que não poderia lhe dar uma ideia nem que conversássemos até amanhã. O pouco ar que respirava era mefítico. Quis me mexer, mas não encontrei espaço. Ao abrir os olhos, não vi nada. A escassez do ar foi o acidente mais ameaçador e que me esclareceu mais vivamente sobre a minha posição. Compreendi que ali, onde estava, o ar não se renovava e que eu ia morrer. Esse pensamento acabou com a sensação da dor inexprimível que me havia acordado. Meus ouvidos retiniram violentamente. Ouvi, ou pensei ouvir, não posso afirmar com certeza, gemidos soltados pelo mundo de cadáveres em meio ao qual eu jazia. Embora a memória desses momentos seja tenebrosa, embora minhas recordações sejam confusas, apesar da impressão de sofrimentos ainda mais profundos que eu devia sentir e que confundiram minhas ideias, há noites em que ainda creio ouvir esses suspiros sufocados! Mas houve uma coisa mais horrenda que os gritos, um silêncio que nunca mais encontrei em lugar algum, o verdadeiro silêncio do túmulo. Enfim, erguendo as mãos, tateando os mortos, reconheci um vazio entre minha cabeça e o esterco humano superior. Pude assim medir o espaço que me havia sido deixado por um acaso cuja causa desconhecia. Parece que, graças ao descuido ou à precipitação com a qual tinham nos jogado a esmo, dois mortos haviam caído cruzados em cima de mim, descrevendo um ângulo parecido com o de duas cartas postas uma contra a outra por uma criança que ergue as fundações de um castelo. Rebuscando prontamente, porque não podia vadiar, tive a sorte de encontrar um braço que não estava preso a nada, o braço de um Hércules! Um bom osso a que devi minha salvação. Sem esse socorro inesperado, teria perecido! Mas, com um furor que o senhor deve imaginar, pus-me a trabalhar os cadáveres que me separavam da camada de terra certamente jogada sobre nós, e digo nós como se houvesse outros vivos ali! Não medi esforços, senhor, tanto que aqui estou! Mas hoje não sei como pude atravessar a cobertura de carne que criava uma barreira entre a vida e mim. Dirá o senhor que eu tinha três braços! Essa alavanca de que eu me servia com habilidade me proporcionava sempre um pouco do ar que se encontrava entre os cadáveres que eu movia, e eu poupava minha respiração. Enfim vi a luz, mas através da neve, senhor! Nesse momento percebi que minha cabeça estava aberta. Por sorte, meu sangue, o dos meus camaradas ou o couro pisado do meu cavalo, que sei eu!, ao se coagular, havia como que me untado com um emplastro natural. Apesar dessa crosta, eu desmaiei quando meu crânio entrou em contato com a neve. No entanto, o pouco calor que me restava derreteu a neve ao meu redor e, quando recobrei consciência, eu me encontrei no centro de uma pequena abertura pela qual gritei o mais demoradamente que pude. Mas o sol se levantava então, logo eu tinha pouca chance de ser ouvido. Será que já havia alguém nos campos? Ergui-me fazendo dos meus pés uma mola cujo ponto de apoio estava nos defuntos que tinham as costas fortes. O senhor há de convir que não era hora de dizer a eles: *Respeito à coragem malfadada!*[3] Em suma, senhor, depois de ter tido a dor, se essa palavra é capaz de exprimir minha raiva, de ver por muito tempo, oh, sim, muito tempo!, esses malditos alemães fugirem ao ouvir uma voz onde não viam ninguém, fui enfim solto por uma mulher ousada o bastante ou bastante curiosa para se aproximar da minha cabeça, que parecia ter crescido na terra como um cogumelo. Essa mulher foi buscar o marido, e os dois me transportaram para seu pobre casebre. Parece que tive uma recaída de catalepsia, permita-me essa expressão para lhe pintar um estado do qual não tenho a menor ideia, mas que julguei, com base no que meus anfitriões disseram, ser um efeito dessa doença. Fiquei seis meses entre a vida e a morte, sem falar ou delirando quando falava. Enfim meus anfitriões me internaram no hospital de Heilsberg. O senhor há de entender que saí do ventre da vala comum tão nu quanto do de minha mãe; de sorte que, seis meses depois, quando, uma bela manhã, eu me lembrei de ter sido o coronel Chabert e, recobrando minha razão, quis obter dos que cuidavam de mim mais respeito do que concediam a um pobre coitado, todos os meus colegas de quarto desataram a rir. Felizmente, o cirurgião, por amor-próprio, tinha feito da minha cura um ponto de honra e se interessado naturalmente por seu enfermo. Quando lhe falei de maneira

3 "Honra e respeito à coragem malfadada!", frase pronunciada por Napoleão, tirando o chapéu e saudando os feridos austríacos da Batalha de Austerlitz.

continuada da minha antiga existência, esse bom homem, chamado Sparchmann, fez constar, de acordo com as formas jurídicas requeridas pelo direito do seu país, a maneira milagrosa como eu havia saído da vala dos mortos, o dia e a hora em que havia sido encontrado por minha benfeitora e por seu marido; o gênero, a posição exata dos meus ferimentos, juntando a esses diferentes atestados uma descrição da minha pessoa. Pois bem, senhor, não tenho nem essas peças importantes, nem a declaração que fiz perante um notário de Heilsberg, a fim de estabelecer minha identidade! Desde o dia em que fui expulso dessa cidade pelos acontecimentos da guerra, errei constantemente como um vagabundo, mendigando meu pão, tratado de louco quando contava minha aventura, e sem ter encontrado nem ganhado um vintém para conseguir os documentos que podiam provar meus dizeres e me restituir à vida social. Muitas vezes minhas dores me retinham por semestres inteiros em cidadezinhas onde cuidavam dos franceses doentes, mas onde riam na cara daquele homem quando ele pretendia ser o coronel Chabert. Por muito tempo, essas risotas, essas dúvidas me punham num estado de furor que me prejudicava e que me fez até ser encerrado como louco em Stuttgart. Na verdade, o senhor pode julgar pelo meu relato que ele oferece razões suficientes para aferrolhar um homem! Após os dois anos de detenção que fui obrigado a suportar, após ter ouvido mil vezes os guardas dizerem: "Este aí é um pobre coitado que acredita ser o coronel Chabert!" a pessoas que respondiam: "Coitado!", me convenci da impossibilidade da minha própria aventura, fiquei triste, resignado, tranquilo e renunciei a dizer que era o coronel Chabert, para poder sair da prisão e rever a França. Oh, senhor, rever Paris! Era um delírio que eu não...

Com essa frase inacabada, o coronel Chabert mergulhou num devaneio profundo que Derville respeitou.

— Senhor, um belo dia — prosseguiu o cliente —, um

dia de primavera, me deram a liberdade e dez táleres, a pretexto de que eu falava sensatamente sobre todo tipo de assunto e que não dizia mais ser o coronel Chabert. Juro que naquela época, e ainda hoje, em certos momentos meu nome me desagrada. Gostaria de não ser eu. O sentimento dos meus direitos me mata. Se minha doença houvesse eliminado toda a lembrança da minha existência passada, eu teria sido feliz! Se eu voltasse ao Exército com um nome qualquer, quem sabe não teria me tornado feldmarechal na Áustria ou na Rússia.

— O senhor confundiu todas as minhas ideias — disse o advogado. — Creio estar sonhando ao ouvi-lo. Por favor, paremos um instante.

— O senhor é a única pessoa que me ouviu com tanta paciência — disse o coronel com um ar melancólico. — Nenhum homem de lei quis me emprestar dez napoleões para eu mandar vir da Alemanha os documentos necessários para iniciar meu processo...

— Que processo? — indagou o advogado, que esquecia a situação dolorosa de seu cliente ouvindo o relato das suas misérias passadas.

— Ora, senhor, porventura a condessa Ferraud não é minha mulher? Ela possui trinta mil libras de renda que me pertencem e não quer me dar dois tostões. Quando digo essas coisas a advogados, a homens de bom senso; quando proponho, eu, um mendigo, a mover uma ação contra um conde e uma condessa; quando me ergo, eu, um morto, contra um atestado de óbito, um atestado de casamento e certidões de nascimento, eles me despacham, conforme seu caráter, seja com aquele ar friamente educado que sabem adotar para se livrar de um desgraçado, seja brutalmente, como gente que acredita ter à frente um intrigante ou um louco. Estive enterrado sob os mortos, mas agora estou enterrado sob os vivos, sob certidões, sob fatos, sob a sociedade inteira, que quer me fazer voltar para debaixo da terra!

— Senhor, por gentileza, prossiga agora — disse o advogado.

— *Por gentileza!* — exclamou o infeliz velhote pegando a mão do jovem. — É a primeira fórmula de polidez que ouço desde...

O coronel chorou. O reconhecimento sufocou sua voz. Aquela penetrante e indescritível eloquência que está no olhar, no gesto, no próprio silêncio, acabou de convencer Derville e o comoveu vivamente.

— Ouça, senhor — disse a seu cliente —, ganhei esta noite trezentos francos no jogo; posso perfeitamente empregar a metade dessa soma para fazer a felicidade de um homem. Começarei os trâmites e as diligências necessárias para obter os documentos de que me falou, e até eles chegarem lhe darei cem vinténs por dia. Se o senhor for o coronel Chabert, saberá perdoar a modicidade do empréstimo a um homem jovem que tem sua fortuna por fazer. Prossiga.

O suposto coronel ficou por um instante imóvel e estupefato: seu extremo infortúnio sem dúvida havia destruído suas crenças. Se ele não media esforços para reaver seu reconhecimento militar, sua fortuna, ele próprio, talvez fosse para obedecer a esse sentimento inexplicável, em germe no coração de todos os homens e a que devemos as pesquisas dos alquimistas, a paixão pela glória, as descobertas da astronomia, da física, tudo o que impeliu o homem a crescer multiplicando-se pelos fatos ou pelas ideias. O *ego*, em seu pensamento, não passava de um objeto secundário, assim como a vaidade do triunfo ou o prazer de ganhar se tornam mais caros ao apostador do que o próprio objeto da aposta. As palavras do jovem advogado foram, pois, como que um milagre para aquele homem repelido durante dez anos por sua mulher, pela Justiça, pela criação social inteira. Obter de um advogado aquelas dez moedas de ouro que lhe haviam sido recusadas por tanto tempo, por tantas pessoas e de tantas maneiras! O coronel parecia aquela dama que, tendo ficado com febre quinze anos a fio, achou que tinha mudado de doença no dia em que sarou. Há felicidades em que não acreditamos mais; elas caem como um raio, e nos fulminam. Por isso o reconhecimento do pobre homem era vivo demais para que pudesse exprimi-lo. Ele teria parecido frio às pessoas superficiais, mas Derville adivinhou toda uma probidade naquele estupor. Um vigarista não teria perdido a voz.

— Onde eu estava? — disse o coronel com a ingenuidade de uma criança ou de um soldado, porque muitas vezes há algo de criança no verdadeiro soldado, e quase sempre de soldado na criança, principalmente na França.

— Em Stuttgart. O senhor saía da prisão — respondeu o advogado.

— O senhor conhece minha mulher? — perguntou o coronel.

— Sim — respondeu Derville, inclinando a cabeça.

— Como ela está?

— Sempre encantadora.

O velhote fez um sinal com a mão e pareceu devorar alguma dor secreta com aquela resignação grave e solene que caracteriza os homens postos à prova no sangue e no fogo dos campos de batalha.

— Senhor — disse ele com uma espécie de alegria, porque aquele pobre coronel respirava, saía pela segunda vez do túmulo, acabava de derreter uma camada de neve menos solúvel que aquela que outrora havia congelado sua cabeça e aspirava o ar como se acabasse de deixar uma masmorra. — Senhor — disse ele —, se eu tivesse uma bela estampa, nenhuma das minhas desgraças teria acontecido. As mulheres acreditam nos homens que recheiam suas frases com a palavra amor. Então elas correm, vão, se desdobram, intrigam, afirmam os fatos, fazem o diabo por aquele que lhes agrada. Como eu poderia ter interessado a uma mulher? Eu tinha uma cara de réquiem, me vestia como um sans-culotte, mais parecia um esquimó do que um francês, logo eu que antigamente era tido como o mais guapo dos rapazolas, em 1799! Eu, Chabert, conde do Império! Enfim, no mesmo dia em que me puseram na rua como um cão, encontrei o sargento de quem já falei. O camarada se chamava Boutin, o pobre-diabo e eu fazíamos o mais belo par de estafermos que já vi; avistei-o no passeio, eu o reconheci, mas foi impossível para ele adivinhar quem eu era. Fomos juntos a um cabaré. Lá, quando declinei meu nome, a boca de Boutin rompeu em gargalhadas que ressoavam como uma salva de morteiro. Aquela hilaridade, senhor, me causou uma das minhas mais vivas tristezas! Ela me revelava sem disfarces todas as mudanças que haviam ocorrido em mim! Com que então eu era irreconhecível até aos olhos do mais humilde e mais grato dos meus amigos! Eu havia salvado a vida de Boutin, mas era a paga que eu lhe devia. Não vou lhe contar como ele me prestou esse serviço. A cena se deu na Itália, em Ravena. A casa em que Boutin evitou que eu fosse apunhalado não era uma casa muito decente. Naquela época eu não era coronel, era um simples cavaleiro, como Boutin. Por sorte essa história comportava detalhes que só nós dois podíamos conhecer; e, quando eu os evoquei, sua incredulidade diminuiu. Depois contei os acidentes da minha bizarra existência. Apesar de meus olhos, minha voz, ele me disse, estarem singularmente alterados, apesar de eu não ter mais nem cabelos, nem dentes, nem sobrancelhas, apesar de estar branco como um albino, ele acabou reconhecendo seu coronel no mendigo, depois de mil perguntas a que respondi vitoriosamente. Ele me contou suas aventuras, não eram menos extraordinárias que as minhas: voltava dos confins da China, onde resolveu penetrar depois de ter escapado da Sibéria. Deu-me a saber os desastres da campanha da Rússia e a primeira abdicação de Napoleão. Essa notícia foi uma das coisas que mais me doeram! Éramos dois curiosos destroços humanos depois de termos assim rolado pelo globo como rolam no oceano os calhaus levados de uma orla a outra pelas tempestades. Os dois somados tínhamos visto o Egito, a Síria, a Espanha, a Rússia, a Holanda, a Alemanha, a Itália, a Dalmácia, a Inglaterra, a China, a Tartária, a Sibéria: só nos faltava ter ido às Índias e à América! Enfim, estando mais refeito que eu, Boutin se encarregou de ir a Paris o mais lestamente possível a fim de informar minha mulher do estado em que eu me encontrava. Escrevi à senhora Chabert uma carta bem detalhada. Era a quarta, senhor! Se eu tivesse parentes, talvez nada disso houvesse acontecido; mas devo lhe confessar que fui uma criança abandonada, um soldado que tinha como patrimônio sua coragem, como família o mundo inteiro, como pátria a França, como único protetor o bom Deus. Engano-me! Tinha um pai, o imperador! Ah, se esse homem querido estivesse de pé! Se houvesse visto *o seu Chabert*, como ele me chamava, no estado em que estou, ficaria furioso. Mas que se há de fazer, nosso sol se pôs, agora estamos todos com frio! Afinal, os acontecimentos políticos bem podiam justificar o silêncio da minha mulher! Boutin partiu. Era um homem feliz! Tinha dois ursos brancos admiravelmente adestrados com que ganhava a vida. Eu não podia acompanhá-lo; minhas dores não me permitiam fazer longas etapas. Chorei, senhor, quando nos separamos depois de caminhar tanto quanto meu estado me permitiu, em companhia de seus ursos e dele. Em Karlsruhe tive um acesso de nevralgia na cabeça e fiquei seis semanas deitado na palha de um albergue! Se tivesse de lhe contar, senhor, todas as desventuras da minha vida de mendigo, não acabaria nunca. Os sofrimentos morais, perto dos quais as dores físicas empalidecem, provocam no entanto menos piedade, porque ninguém os enxerga. Lembro ter chorado diante de um solar em Estrasburgo, onde outrora eu dera uma festa, e não obtive nada, nem mesmo um pedaço de pão. Tendo combinado com Boutin o itinerário que eu deveria seguir, todos os dias ia ao correio perguntar se havia uma carta e algum dinheiro para mim. Cheguei a Paris sem ter encontrado nada. Quantos desesperos tive de devorar! "Boutin deve ter morrido", eu me dizia. De fato, o pobre-diabo havia sucumbido em Waterloo. Soube da sua morte mais tarde, por acaso. Sua missão junto à minha mulher fora sem dúvida infrutífera. Enfim entrei em Paris ao mesmo tempo que os cossacos. Para mim era dor sobre dor. Vendo os russos na França, não lembrava mais que não tinha nem sapatos nos pés nem dinheiro no bolso. Sim, senhor, minhas roupas estavam esfarrapadas. Na véspera da minha chegada, fui obrigado a acampar no bosque de Claye. O frescor da noite foi sem dúvida o que me causou um acesso de não sei que doença, que me acometeu quando eu atravessava o *faubourg* Saint-Martin. Caí quase desmaiado diante da porta de uma loja de ferragens. Quando acordei, estava numa cama do Hôtel-Dieu. Passei lá um mês bastante feliz. Logo fui dispensado. Não tinha dinheiro, mas estava bem-disposto e nas ruas de Paris. Com que alegria e que prontidão fui à rue du Mont-Blanc, onde minha mulher devia residir num solar meu! Bah! A rue du Mont-Blanc tinha se tornado rue de la Chaussée d'Antin. Não encontrei meu solar, havia sido vendido, demolido. Especuladores haviam construído várias casas em meus jardins. Ignorando que minha mulher tivesse se casado com o senhor Ferraud, não conseguia obter nenhuma informação. Enfim fui ter com um velho advogado que outrora se encarregava dos meus assuntos. Ele havia morrido depois de passar sua clientela a um rapaz. Este me fez saber, para minha grande surpresa, da abertura da minha sucessão, da sua liquidação, do casamento de minha mulher e do nascimento de seus dois filhos. Quando lhe disse que era o coronel Chabert, pôs-se a rir tão francamente que saí da sua sala sem fazer a menor observação. Minha detenção em Stuttgart me fez pensar em Charenton,[4] e decidi agir com prudência. Então, senhor, sabendo onde minha mulher morava, fui à sua residência, com o coração cheio de esperança. Pois bem — disse o coronel com um movimento de raiva concentrada —, não fui recebido quando me anunciei com um nome falso, e no dia em que dei o meu fui posto da porta para fora. Para ver a condessa voltando do baile ou do espetáculo, de manhã, passei noites inteiras colado ao pilarete de proteção do seu portão de entrada. Meu olhar mergulhava naquela carruagem que passava diante dos meus olhos com a rapidez de um raio e na qual eu mal entrevia a mulher que é minha e que não é mais minha! Oh! desde esse dia vivi para a vingança! — exclamou o velhote com uma voz surda e erguendo-se de repente diante de Derville. — Ela sabe que existo; ela recebeu de mim, depois que voltei, duas cartas escritas por mim mesmo. Ela não me ama mais! Quanto a mim, não sei se eu a amo ou a detesto! Ora eu a desejo, ora a maldigo. Ela me deve sua fortuna, sua felicidade; pois bem, ela não fez chegar a mim o mais leve auxílio! Há momentos em que não sei mais o que ser!

A essas palavras, o velho soldado arriou-se novamente em sua cadeira e voltou a permanecer imóvel. Derville ficou em silêncio, concentrado em observar seu cliente.

— O caso é grave — disse por fim, maquinalmente. — Mesmo admitindo a autenticidade dos documentos que devem estar em Heilsberg, não é certo que possamos triunfar logo de início. O processo passará sucessivamente por três tribunais. Precisamos refletir com a cabeça descansada sobre essa causa, ela é totalmente excepcional.

4 O Asilo de Charenton recebia tanto alienados mentais como reclusos internados por ordem do rei.

— Oh! — replicou friamente o coronel, erguendo a cabeça num movimento de orgulho — se eu sucumbir, saberei morrer, mas levarei companhia.

O velhote havia desaparecido. Os olhos do homem enérgico brilhavam acesos pelo fogo do desejo e da vingança.

— Talvez seja preciso transigir — disse o advogado.

— Transigir — repetiu o coronel Chabert. — Estou morto ou vivo?

— Senhor — prosseguiu o advogado —, espero que siga meus conselhos. Sua causa será minha causa. O senhor logo perceberá o interesse que tenho por sua situação, quase sem igual nos registros judiciários. Por ora, vou lhe dar um bilhete para meu notário, que lhe entregará, contra recibo, cinquenta francos cada dez dias. Não será conveniente vir aqui em busca de auxílio. Se o senhor é o coronel Chabert, não deve ficar à mercê de ninguém. Eu darei esses adiantamentos na forma de um empréstimo. O senhor tem bens a recuperar, o senhor é rico.

Esta última delicadeza arrancou lágrimas do ancião. Derville levantou-se bruscamente, talvez porque não fosse costume que um advogado parecesse se emocionar; entrou em seu gabinete, do qual voltou com uma carta não timbrada que entregou ao conde Chabert. Quando o pobre homem a segurou entre seus dedos, sentiu duas moedas de ouro através do papel.

— Pode, por favor, me designar os documentos, o nome da cidade, do reino? — pediu o advogado.

O coronel ditou as informações conferindo a ortografia do nome dos lugares; depois pegou seu chapéu numa mão, olhou para Derville, estendeu-lhe a outra, uma mão calejada, e lhe disse com uma voz simples:

— Acredite, senhor, depois do imperador o senhor é o homem a quem mais deverei! O senhor é um bravo.

O advogado deu uma palmadinha na mão do coronel, acompanhou-o até a escada e clareou-lhe o caminho.

— Boucard — disse Derville a seu escriturário principal —, acabo de ouvir uma história que talvez vá me custar vinte e cinco luíses. Se for roubado, não chorarei meu dinheiro, pois terei conhecido o mais hábil ator da nossa época.

Quando o coronel se viu na rua, diante de um poste de iluminação, retirou da carta as duas moedas de vinte francos que o advogado lhe dera e fitou-as por um momento à luz do lampião. Revia uma moeda de ouro pela primeira vez nos últimos nove anos.

"Vou poder fumar charuto", disse para si.

Cerca de três meses depois dessa consulta que o coronel Chabert fez à noite com Derville, o notário encarregado de pagar o meio soldo que o advogado destinava a seu singular cliente veio vê-lo para tratar de um assunto grave e começou por lhe reclamar os seiscentos francos dados ao velho militar.

— Você agora se diverte sustentando o velho Exército? — disse-lhe rindo esse notário chamado Crottat, um jovem que acabava de comprar o escritório de que fora escriturário principal e cujo dono acabava de fugir fazendo uma medonha falência.

— Obrigado, meu caro — respondeu Derville —, por ter me lembrado desse caso. Minha filantropia não irá além de vinte e cinco luíses, temo já ter sido enganado por meu patriotismo.

No momento em que Derville acabava a frase, viu em cima de sua mesa os pacotes que seu escriturário principal havia posto ali. Chamaram a atenção de seus olhos o aspecto dos selos retangulares, quadrados, triangulares, vermelhos, azuis, apostos numa carta pelos correios prussiano, austríaco, bávaro e francês.

— Ah! — fez ele rindo —, eis o desfecho da comédia, vamos ver se fui ludibriado.

Pegou a carta e abriu-a, mas não pôde ler nada: estava escrita em alemão.

— Boucard, vá o senhor mesmo mandar traduzir esta

carta e volte logo — disse Derville, entreabrindo a porta de sua sala e estendendo a carta a seu escriturário principal.

O notário de Berlim a que o advogado tinha se dirigido anunciava que os documentos cujo envio lhe eram pedidos chegariam alguns dias depois daquela carta. As peças, dizia ele, estavam perfeitamente em regra e com as legalizações necessárias para dar fé perante a Justiça. Além disso, ele lhe fazia saber que quase todas as testemunhas dos fatos consagrados pelos autos existiam em Prussich-Eylau e que a mulher à qual o senhor conde Chabert devia a vida ainda vivia num dos subúrbios de Heilsberg.

— A coisa está ficando séria — exclamou Derville quando Boucard terminou de lhe transmitir a substância da carta. — Mas diga, meu rapaz — prosseguiu, dirigindo-se ao jovem notário —, vou precisar de informações que devem estar no seu escritório. Não foi aquele velho vigarista do Roguin...

— Digamos do infortunado, do desventurado Roguin — retificou o senhor Alexandre Crottat, rindo e interrompendo Derville.

— Não foi esse infortunado, que acaba de tomar oitocentos mil francos dos seus clientes e reduzir várias famílias ao desespero, que fez a liquidação da sucessão Chabert? Parece-me que vi isso em nossas peças relativas a Ferraud.

— Sim — respondeu Crottat —, na época eu era o terceiro escriturário, copiei e estudei bem essa liquidação. Rose Chapotel, esposa e viúva de Hyacinthe, dito Chabert, conde do Império, grande oficial da Legião de Honra; tinham se casado sem contrato, portanto em regime de comunhão de bens. Pelo que me lembro, o ativo se elevava a seiscentos mil francos. Antes do seu casamento, o conde Chabert havia feito um testamento em favor dos hospitais de Paris, pelo qual atribuía a eles um quarto da fortuna que possuísse quando do seu passamento, o erário herdaria outro quarto. Houve licitação, venda e partilha, porque os advogados foram rápidos. Quando da liquidação, o monstro que então governava a França atribuiu por decreto a parte do fisco à viúva do coronel.

— Assim sendo, a fortuna pessoal do conde Chabert não montava a mais de trezentos mil francos.

— Por conseguinte, meu velho! — respondeu Crottat. — Vocês, advogados, às vezes têm um entendimento correto das coisas, apesar de serem acusados de falseá-lo ao pleitear tanto o Pró quanto o Contra.

O conde Chabert, cujo endereço se lia ao pé do primeiro recibo que o notário havia entregado a Derville, morava no *faubourg* Saint-Marceau, na rue du Petit-Banquier, em casa de um velho sargento da guarda imperial, que virara leiteiro, chamado Vergniaud. Chegando lá, Derville foi obrigado a ir procurar seu cliente a pé, porque o cocheiro se recusou a entrar numa rua não calçada, cujos sulcos, deixados pelas rodas das carroças, eram profundos demais para as de um cabriolé. Olhando para todos os lados, o advogado acabou encontrando, na parte dessa rua próxima do bulevar, entre dois muros construídos com ossadas e terra, duas precárias pilastras de pedras, que a passagem das carroças havia lascado, apesar de dois mourões fincados no chão para protegê-las. Essas pilastras sustentavam uma viga coberta por uma cumeeira de telhas, na qual estavam escritas estas palavras em vermelho: VERGNIAUD, LEITÊRO. À direita desse nome viam-se ovos e, à esquerda, uma vaca, pintados em branco. A porta estava aberta e sem dúvida ficava assim o dia todo. No fundo de um terreiro bastante espaçoso se erguia, em frente ao portão, uma casa, se é que esse nome convém a um desses casebres construídos nos subúrbios de Paris, que não se pode comparar a nada, nem mesmo às mais miseráveis habitações do campo, de que têm a pobreza sem ter a poesia. De fato, no meio dos campos, as choupanas ainda têm uma graça que lhes é dada pela pureza do ar, o verdor, o aspecto dos prados, uma colina, um caminho tortuoso, vinhas, uma cerca viva, o musgo da palha dos tetos e os utensílios campestres; mas em Paris a miséria se distingue apenas por seu horror. Embora construída recentemente, a casa parecia à beira de se tornar uma ruína. Nenhum dos materiais empregados teve sua verdadeira destinação; provinham de todas as demolições que são feitas diariamente em Paris. Derville leu numa janela feita com as tábuas de um letreiro: *Armazém das novidades*. As janelas não se assemelhavam entre si e eram colocadas de maneira esquisita. O térreo, que parecia ser a parte habitável, era alto de um lado, enquanto do outro os cômodos eram enterrados por uma elevação do terreno. Entre a porta e a casa se estendia um charco enlameado para onde escorriam as águas pluviais e servidas. O muro em que se apoiava esse miserável casebre, que parecia ser mais sólido que os outros, era cheio de caixotes gradeados onde coelhos de verdade geravam suas numerosas famílias. À direita do portão de entrada estava o estábulo, que tinha no alto um palheiro para guardar forragem e que comunicava com a casa por uma leiteria. À esquerda havia um galinheiro, uma cocheira e um telheiro para os porcos que havia sido acabado, como o telhado da casa, com tábuas velhas de madeira branca pregadas umas nas outras e mal cobertas de junco. Como quase todos os lugares em que se cozinham os elementos da grande refeição que Paris devora cada dia, o terreiro em que Derville entrou apresentava os vestígios da precipitação requerida pela necessidade de chegar numa hora fixa. As grandes vasilhas de lata amassada em que se transporta o leite e os potes contendo creme estavam jogados a esmo na frente na leiteria, com suas tampas de pano. Os trapos furados que serviam para limpá-los flutuavam ao sol estendidos em cordas amarradas a estacas. Aquele cavalo pacífico, cuja raça só se encontra nas leiterias, tinha dado alguns passos à frente da sua carroça e permanecia parado diante da cocheira, cuja porta estava fechada. Uma cabra comia as folhas da vinha mirrada e poeirenta que guarnecia a parede amarela e rachada da casa. Um gato lambia os potes de creme, em cima dos quais estava sentado. As galinhas, assustadas à aproximação de Derville, voaram aos gritos, e o cão de guarda latiu.

"O homem que decidiu a Batalha de Eylau estaria aqui!", disse Derville consigo mesmo, apreendendo com um só olhar o conjunto daquele espetáculo ignóbil.

A casa havia ficado sob a guarda de três garotos. Um, trepado no topo de uma carroça carregada de forragem verde, atirava pedras num tubo de chaminé da casa ao lado, para que caíssem no caldeirão embaixo. O outro tentava pôr um porco na carroça cujo assoalho tocava o chão, enquanto o terceiro, pendurado na frente desta, esperava que o porco entrasse para levantá-la com um movimento de gangorra. Quando Derville perguntou se era ali que morava o sr. Chabert, nenhum deles respondeu, e todos os três o encararam com uma estupidez espiritual, se é que se pode aliar essas palavras. Derville reiterou suas perguntas sem sucesso. Impacientado com o ar debochado dos três gaiatos, disse-lhes essas injúrias brincalhonas que os homens jovens se acreditam no direito de dirigir às crianças, e os garotos quebraram o silêncio com uma gargalhada brutal. Derville se zangou. O coronel, que o havia ouvido, saiu de um quartinho situado perto da leiteria e apareceu à porta com uma fleuma militar inexprimível. Tinha na boca um desses cachimbos notavelmente curados (expressão técnica dos fumantes), um desses pitos de argila chamados *queima-focinho*. Ergueu a pala de um boné horrivelmente sujo, avistou Derville e atravessou o lamaçal para chegar mais depressa até seu benfeitor, gritando com uma voz amistosa aos garotos:

— Pelotão, silêncio!

Os meninos logo guardaram um silêncio respeitoso que anunciava o domínio exercido sobre eles pelo velho soldado.

— Por que não me escreveu? — perguntou a Derville.

— Siga ao longo do curral! Olhe, ali o caminho é calçado — falou, notando a indecisão do advogado, que não queria molhar os pés na lama.

Pulando de um ponto a outro, Derville chegou à soleira da porta por onde o coronel havia saído. Chabert pareceu incomodado por ser obrigado a recebê-lo no quarto que ocupava. De fato, Derville só avistou lá dentro uma cadeira. A cama do coronel consistia em alguns feixes de palha sobre os quais sua anfitriã havia estendido dois ou três retalhos dessas tapeçarias velhas, catadas sabe-se lá onde, que as leiteiras usam para forrar os bancos das suas carroças. O assoalho era simplesmente de terra batida. As paredes salitrosas, esverdeadas e rachadas difundiam uma umidade tão forte, que aquela contra a qual o coronel dormia era atapetada com uma esteira de palha. O célebre capote estava pendurado num prego. Dois pares de botas surradas jaziam num canto. Nenhum vestígio de roupa. Na mesa carcomida, os Boletins do Grande Exército, reimpressos por Plancher, estavam abertos e pareciam ser a leitura do coronel, cuja fisionomia era calma e serena no meio daquela miséria. Sua visita a Derville parecia ter mudado o caráter de seus traços, em que o advogado encontrou os sinais de um pensamento feliz, uma luz particular que a esperança neles havia projetado.

— A fumaça do cachimbo o incomoda? — perguntou, oferecendo ao advogado sua cadeira metade desempalhada.

— Coronel, o senhor está horrivelmente mal aqui.

Essa frase foi arrancada a Derville pela desconfiança natural dos advogados e pela deplorável experiência que logo lhes dão os pavorosos dramas desconhecidos a que assistem.

"Está aí um homem que deve certamente ter empregado meu dinheiro para satisfazer as três virtudes teologais do soldado: o jogo, o vinho e as mulheres!", disse consigo.

— É verdade, senhor, aqui não brilhamos pelo luxo. É um bivaque temperado pela amizade, mas... — o soldado lançou um olhar profundo ao homem de lei. — Mas não fiz mal a ninguém, nunca repeli ninguém, e durmo tranquilo.

O advogado pensou que não seria muito delicado pedir a seu cliente que prestasse conta das somas que ele lhe havia adiantado e contentou-se em dizer:

— Por que o senhor não quis vir a Paris, onde poderia viver despendendo tão pouco quanto aqui, mas onde estaria melhor?

— Mas — respondeu o coronel — a boa gente em cuja casa moro me recebeu e me alimentou de graça um ano inteiro! Como deixá-los no momento em que tinha um pouco de dinheiro? E depois o pai desses três garotos é um antigo egípcio...

— Como assim, egípcio?

— Chamamos desse modo os soldados que voltaram da expedição ao Egito, da qual fiz parte. Não só todos os que voltaram são um pouco irmãos, mas Vergniaud servia então no meu regimento, dividimos a água no deserto. Além de tudo, ainda não terminei de ensinar seus pimpolhos a ler.

— Ele poderia tê-lo alojado melhor, pelo dinheiro que o senhor paga.

— Bah! — fez o coronel. — Seus filhos deitam na palha como eu! Sua mulher e ele não têm uma cama melhor, são paupérrimos, não está vendo? Assumiram um negócio acima das suas forças. Mas se eu recuperar minha fortuna... Bem, chega!

— Coronel, amanhã ou depois devo receber de Heilsberg seus documentos. Sua libertadora ainda vive!

— Maldito dinheiro! E dizer que não o tenho! — exclamou, jogando o cachimbo no chão. Um cachimbo curado é um cachimbo precioso para um fumante; mas foi um gesto tão natural, um movimento tão generoso, que todos os fumantes e até mesmo a Companhia dos Tabacos teriam lhe perdoado esse crime de lesa-tabaco. Os anjos talvez houvessem catado os cacos.

— Coronel, seu caso é excessivamente complicado — disse-lhe Derville, saindo do quarto para ir passear ao sol ao longo da casa.

— Pois me parece perfeitamente simples — disse o soldado. — Deram-me por morto, cá estou eu! Devolvam minha mulher e minha fortuna; deem-me a patente de general a que tenho direito, porque fui promovido a coronel da Guarda Imperial na véspera da Batalha de Eylau.

— As coisas não são assim no mundo jurídico — replicou Derville. — Ouça-me. O senhor é o conde Chabert, está bem, mas trata-se de provar isso a pessoas que vão ter interesse em negar sua existência. Assim, seus atos serão discutidos. Essa discussão ocasionará dez ou doze questões preliminares. Todas irão contraditoriamente até a Suprema Corte e constituirão igual número de processos caros, que se arrastarão, qualquer que seja o meu empenho. Seus adversários irão requerer uma investigação que não poderemos recusar e que talvez necessite uma comissão rogatória na Prússia. Mas suponhamos que tudo corra da melhor maneira possível: admitamos que lhe seja prontamente reconhecido pela Justiça que o senhor é o coronel Chabert. Como podemos saber de que modo será julgada a questão posta pela bigamia totalmente inocente da condessa Ferraud? Em sua causa, o ponto de direito está fora do código e só pode ser julgado pelos juízes segundo as leis da consciência, como faz o júri nas questões delicadas que as bizarrices sociais de alguns processos criminais apresentam. Ora, o senhor não teve filhos do seu casamento, e o senhor conde Ferraud tem dois do dele, os juízes podem declarar nulo o casamento em que se encontram os laços mais fracos em benefício do casamento que comporta os mais fortes, dado ter havido boa-fé dos contraentes. Acha o senhor que vai se encontrar numa bonita posição moral, se teimar em querer, na sua idade e nas circunstâncias em que se encontra, uma mulher que não o ama mais? Terá contra o senhor sua mulher e o marido dela, duas pessoas poderosas que poderão influenciar os tribunais. O processo tem, portanto, elementos de longa duração, tempo bastante para o senhor envelhecer presa das piores agruras.

— E minha fortuna?

— O senhor acredita ter uma grande fortuna?

— Eu não tinha trinta mil libras de renda?

— Meu caro coronel, em 1799, antes do seu casamento, o senhor fez um testamento que legava um quarto dos seus bens aos hospitais.

— É verdade.

— Pois bem, dado o senhor como morto, foi preciso proceder a um inventário, a uma liquidação a fim de dar esse quarto aos hospícios, não? Sua mulher não teve escrúpulos para enganar os pobres. O inventário, em que ela sem dúvida evitou mencionar o dinheiro vivo, as joias, em que ela mencionou pouca prataria e em que o mobiliário foi estimado dois terços abaixo do preço real, seja para favorecê-la, seja para pagar menos direitos ao fisco, e também porque os leiloeiros são responsáveis pela avaliação, o inventário assim feito estabeleceu um valor de seiscentos mil francos. Por sua vez, a viúva tinha direito à metade. Tudo foi vendido, comprado de volta por ela, ela ganhou sobre tudo, e os hospitais tiveram seus setenta e cinco mil francos. Depois, como o fisco herdava do senhor, dado que o senhor não havia mencionado sua mulher no testamento, o imperador doou por decreto à sua viúva a porção que cabia ao domínio público. Agora, a que o senhor tem direito? A trezentos mil francos, apenas, menos as custas.

— E o senhor chama isso de justiça? — disse o coronel embasbacado.

— Sim, claro...

— Que beleza ela é.

— Ela é assim, meu caro coronel. Está vendo que o que o senhor achava fácil não é. A senhora Ferraud pode inclusive querer ficar com a porção que lhe foi dada pelo imperador.

— Mas ela não era viúva, o decreto é nulo...

— Certamente. Mas tudo se questiona. Escute. Nestas circunstâncias, creio que um acordo seria, para o senhor e para ela, o melhor desenlace do processo. O senhor ganharia uma fortuna mais considerável do que aquela a que teria direito.

— Seria vender minha mulher!

— Com vinte e quatro mil francos de renda, o senhor terá, na situação em que se encontra, mulheres que lhe convirão mais que a sua e que o farão mais feliz. Conto ir hoje mesmo ver a senhora condessa Ferraud para sondar o terreno; mas não quis dar esse passo sem avisá-lo.

— Vamos juntos à casa dela...

— Vestido assim? — disse o advogado. — Não, não, coronel, não. Se fosse, o senhor poderia perder de todo o seu processo...

— Há possibilidade de ganhá-lo?

— Em todos os pontos — respondeu Derville. — Mas, meu caro coronel Chabert, o senhor não está atentando para uma coisa. Não sou rico, ainda não paguei inteiramente a licença para exercer. Se os tribunais lhe concederem uma *provisão*, isto é, uma soma deduzida antecipadamente da sua fortuna, só farão isso depois de reconhecer sua qualificação como coronel Chabert, grande oficial da Legião de Honra.

— Ah, sou grande oficial da Legião, nem me lembrava mais — disse ele ingenuamente.

— Pois bem — prosseguiu Derville —, até chegar aí, não terá de pleitear, pagar advogados, obter e pagar cópias das sentenças, as despesas com oficiais de justiça e viver? As custas das instâncias preparatórias montarão, a olho, mais de doze ou quinze mil francos. Não os tenho, estou sufocado com os juros enormes que pago a quem me emprestou dinheiro para comprar minha licença. E o senhor, onde vai encontrá-los?

Grossas lágrimas jorraram dos olhos murchos do pobre soldado e rolaram por suas faces enrugadas. Essas dificuldades deixaram-no prostrado. O mundo social e judiciário oprimia seu peito como um pesadelo.

— Eu vou até o pé da coluna da praça Vendôme — exclamou — e lá gritarei: "Sou o coronel Chabert, que derrotou o quadrado dos russos em Eylau!". O bronze me reconhecerá![5]

— E sem dúvida o mandarão para Charenton.

Ao ouvir esse nome temido, a exaltação do militar decaiu.

— Então não haveria para mim alguma chance no Ministério da Guerra?

— As repartições! — exclamou Derville. — Vá a elas, mas com uma decisão judicial em regra, que declare nulo seu atestado de óbito. As repartições públicas gostariam de poder aniquilar a gente do Império.

O coronel ficou um instante atarantado, imóvel, olhando sem ver, abismado num desespero sem limites. A Justiça Militar é franca, rápida, decide à turca e quase sempre julga bem; essa justiça era a única que Chabert conheceu. Percebendo o labirinto de dificuldades em que precisaria se embrenhar, vendo quanto dinheiro seria necessário para percorrê-lo, o pobre soldado recebeu um golpe moral nessa força própria do homem a que chamamos *vontade*. Pareceu-lhe impossível viver demandando, para ele era mil vezes mais simples continuar pobre, mendigo, engajar-se como cavaleiro se algum regimento o aceitasse. Seus sofrimentos físicos e morais já haviam

5 A coluna Vendôme foi feita do bronze de mais de mil canhões tomados de russos e austríacos na Batalha de Austerlitz.

comprometido seu corpo em alguns dos órgãos mais importantes. Ele era afetado por uma dessas doenças para as quais a medicina não tem nome, cujo foco é de certa forma móvel como o aparelho nervoso, que parece o mais atacado dentre todos os da nossa máquina, afecção que deveria ser chamada de *spleen* da infelicidade. Por mais grave que já fosse esse mal invisível, mas real, ele ainda era curável por uma feliz conclusão. Para abalar decisivamente essa vigorosa organização era necessário um novo obstáculo, algum fato imprevisto que rompesse os estímulos debilitados e produzisse aquelas hesitações, aqueles atos incompreendidos, incompletos que os fisiologistas observam nos seres arruinados pelos desgostos.

Reconhecendo então os sintomas de um profundo abatimento em seu cliente, Derville lhe disse:

— Coragem, a solução desse caso não tem como não lhe ser favorável. Mas considere se pode depositar em mim toda a sua confiança e aceitar cegamente o resultado que eu acreditar melhor para o senhor.

— Faça como bem lhe parecer — disse Chabert.

— Está bem, mas o senhor se entrega a mim como um homem que caminha para a morte!

— Não vou ficar sem posição social, sem nome? Lá isso é tolerável?

— Não vejo as coisas assim — disse o advogado. — Buscaremos de forma amigável uma decisão judicial que anule seu óbito e seu casamento, para que o senhor possa recuperar seus direitos. O senhor será inclusive, graças à influência do conde Ferraud, integrado aos quadros do Exército como general e sem dúvida obterá uma pensão.

— Em frente, pois! — respondeu Chabert. — Eu me confio inteiramente ao senhor.

— Vou lhe enviar uma procuração para assinar — disse Derville. — Adeus, e ânimo! Se precisar de dinheiro, conte comigo.

Chabert apertou calorosamente a mão de Derville e

ficou encostado no muro, sem ter força para acompanhá-lo senão com os olhos. Como todas as pessoas que entendem pouco dos assuntos judiciários, ele se assustava com essa luta imprevista. Durante o encontro, tinha aparecido várias vezes, detrás de uma pilastra do portão, a figura de um homem postado na rua para espreitar a saída de Derville e que o abordou quando este saiu. Era um velho vestindo um casaco azul, uma calça branca de trabalho, plissada como a dos cervejeiros, e trazendo na cabeça um boné de lontra. Seu rosto era moreno, sulcado, enrugado, mas avermelhado nos pômulos pelo excesso de trabalho e queimado pelo ar livre.

— Desculpe, senhor — disse a Derville detendo-o pelo braço —, se tomo a liberdade de lhe falar, mas imaginei ao vê-lo que o senhor era amigo do nosso general.

— E daí? — fez Derville. — Qual seu interesse nele? Quem é o senhor? — replicou o advogado, desconfiado.

— Sou Louis Vergniaud — respondeu primeiro. — Gostaria de lhe dizer duas palavras.

— Foi o senhor que hospedou o conde Chabert deste modo?

— Perdão, desculpe, senhor, mas ele ficou com o melhor quarto. Teria lhe dado o meu, se tivesse só um. E dormiria na cocheira. Um homem que sofreu como ele, que ensina meus meninos a ler, um general, um egípcio, o primeiro-tenente sob cujo comando servi... o senhor devia ver! Não, não, ele é o mais bem instalado. Compartilhei com ele o que tinha. Infelizmente não era grande coisa, pão, leite, ovos; enfim, guerra é guerra! É de coração. Mas ele nos vexou.

— Ele?

— Sim, senhor, vexou, e vexou muito. Assumi um encargo acima das minhas forças, ele via muito bem. Se uma coisa lhe contrariava, ele cuidava do cavalo! Eu disse a ele: “Meu general, o que está fazendo?”. “Bah”, ele dizia, “não quero ficar à toa, e faz tempo que sei escovar um coelho." Tomei um empréstimo no valor da minha leiteria de um tal Grados... O senhor o conhece?

— Meu caro, não tenho tempo para escutá-lo. Diga-me apenas como o coronel humilhou vocês.

— Ele nos vexou, senhor, ou não me chamo Louis Vergniaud, minha mulher chorou muito. Ele soube por uns vizinhos que não tínhamos nem o primeiro centavo para reembolsar o empréstimo. O velho guerreiro, sem dizer nada a ninguém, juntou tudo o que o senhor lhe dá, espreitou a promissória e pagou-a. Que maldade! Minha mulher e eu sabíamos que ele nem tinha tabaco, coitado, nem podia fumar! Mas agora, toda manhã, ele tem seus charutos! Eu preferia me vender... Não, ficamos vexados. Por isso, eu queria propor ao senhor que nos emprestasse, porque ele disse que o senhor era um homem bom, uma centena de escudos contra nosso estabelecimento, para que mandemos fazer umas roupas e mobiliemos seu quarto. Ele achou que nos retribuía, não é? Pois bem, muito pelo contrário, como o senhor está vendo, o velho nos endividou... e vexou! Não podia ter nos feito essa afronta. Ele nos vexou! Vexou seus amigos! Palavra de honra, ou não me chamo Louis Vergniaud, que preferia me engajar no Exército a não devolver esse dinheiro ao senhor...

Derville olhou para o leiteiro, deu alguns passos atrás para ver de novo a casa, o terreiro, os lamaçais, o curral, os coelhos, as crianças.

— Bofé! Creio que uma das características da virtude é não ser proprietário — disse para si. — Está bem, você terá os cem escudos, mais até! Mas não sou eu que vou lhe dar, o coronel vai ser rico o bastante para ajudá-lo, e não quero tirar dele esse prazer.

— Vai ser logo?

— Claro.

— Ah, meu Deus, como minha esposa vai ficar contente!

E a figura bronzeada do leiteiro pareceu se encher de alegria.

"Agora", disse Derville consigo mesmo, subindo em seu cabriolé, "vamos ver nosso adversário. Não mostremos nossas cartas, tratemos de descobrir quais as dele e ganhemos a partida de um só lance. Deveria assustá-la? Ela é mulher. Com que as mulheres mais se assustam? Bem, as mulheres só se assustam com..."

Pôs-se a estudar a situação da condessa e imergiu numa dessas meditações a que se dedicam os grandes políticos ao conceber seus planos, procurando adivinhar o segredo dos gabinetes inimigos. Acaso não são os advogados de certo modo homens de Estado encarregados dos assuntos privados? Um olhar sobre a situação do sr. conde Ferraud e de sua mulher é necessário aqui para fazer compreender o gênio do advogado.

O sr. conde Ferraud era filho de um ex-conselheiro do Parlamento de Paris que havia emigrado durante o Terror e que, se salvou a cabeça, perdeu a fortuna. Voltou na época do Consulado e manteve-se constantemente fiel aos interesses de Luís XVIII, em cujo entourage esteve seu pai antes da revolução. Pertencia, portanto, àquela parte do *faubourg* Saint-Germain que resistiu nobremente às seduções de Napoleão. A reputação de capacidade que construiu o jovem conde, chamado então simplesmente de Ferraud, tornou-o alvo dos assédios do imperador, que costumava ficar tão feliz com suas conquistas sobre a aristocracia quanto com a vitória numa batalha. Prometeram ao conde a restituição do seu título, de seus bens não vendidos, acenaram-lhe ao longe com um ministério, uma senadoria. O imperador fracassou. O sr. Ferraud era, quando da morte do coronel Chabert, um jovem de vinte e seis anos, sem fortuna, dotado de formas agradáveis, que fazia sucesso e que o *faubourg* Saint-Germain havia adotado como uma das suas glórias; mas a sra. condessa Chabert havia sabido tirar tão bom partido da sucessão de seu marido que, após dezoito meses de viuvez, possuía umas quarenta mil libras de renda. Seu casamento com o jovem conde não foi recebido como uma novidade pelas facções do *faubourg* Saint-Germain. Feliz com esse casamento que correspondia às suas ideias de fusão, Napoleão devolveu a madame Chabert a porção que o fisco herdava na sucessão do coronel; mas a esperança de Napoleão foi mais uma vez burlada. A sra. Ferraud não amava apenas seu amante naquele jovem, ela também fora seduzida pela ideia de entrar naquela sociedade desdenhosa que, apesar de rebaixada, dominava a corte imperial. Todas as suas vaidades eram tão afagadas quanto suas paixões nesse casamento. Ela ia se tornar uma mulher *comme il faut*. Quando o *faubourg* Saint-Germain soube que o casamento do jovem conde não era uma defecção, os salões se abriram à sua mulher. A Restauração veio. A fortuna política do conde Ferraud não foi rápida. Ele compreendia as exigências da posição na qual Luís XVIII se encontrava, era um dos iniciados que esperavam *que o abismo das revoluções fosse fechado*, porque essa frase régia, de que os liberais tanto zombaram, ocultava um sentido político. No entanto, o decreto citado na longa fase escriturária que inicia esta história lhe havia valido duas florestas e uma terra cujo valor havia aumentado consideravelmente durante o sequestro. Nesse momento, embora fosse conselheiro de Estado, diretor-geral, o conde Ferraud considerava sua posição apenas como o início da sua fortuna política. Preocupado em cuidar de sua ambição devoradora, tinha contratado como secretário um ex-advogado arruinado de nome Delbecq, homem mais que hábil, que conhecia admiravelmente bem os recursos da chicana e a quem confiava a condução de seus negócios privados. O astuto rábula havia compreendido muito bem sua posição junto ao conde para nela ser probo por interesse. Esperava alcançar algum cargo graças ao crédito de seu patrão, cuja fortuna era objeto de todos os seus cuidados. Sua conduta desmentia a tal ponto sua vida anterior que ele passava por um homem caluniado. Com o tato e a finesse de que são mais ou menos dotadas todas as mulheres, a condessa, que havia adivinhado quem era seu intendente, vigiava-o destramente e sabia manejá-lo tão bem que já havia tirado dele um bom partido para aumentar sua fortuna particular. Ela soube persuadir Delbecq de que governava o sr. Ferraud e lhe prometeu conseguir que fosse nomeado presidente de um Tribunal de Primeira Instância numa das mais importantes cidades da França, se ele se dedicasse inteiramente a seus interesses. A promessa de um cargo inamovível que lhe permitisse casar-se vantajosamente e conquistar mais tarde uma alta posição na carreira política tornando-se deputado fez de Delbecq um escravo das vontades da condessa. Ele não tinha deixado passar nenhuma das oportunidades favoráveis que os movimentos da Bolsa e a alta dos imóveis apresentaram em Paris às pessoas hábeis durante os três primeiros anos da Restauração. Havia triplicado os capitais da sua protetora com tanta facilidade que todos os meios haviam parecido válidos à condessa para tornar prontamente sua fortuna enorme. Ela empregava os emolumentos dos cargos ocupados pelo conde nas despesas da casa, a fim de poder capitalizar suas rendas, e Delbecq se prestava aos cálculos dessa avareza sem tentar saber quais os seus motivos. Esse tipo de gente só se importa com os segredos cuja descoberta é necessária a seus interesses. Aliás, ele via tão naturalmente a raiz destes naquela sede de ouro que atinge a maior parte das parisienses, e era necessária uma fortuna tão grande para apoiar as pretensões do conde Ferraud, que o intendente às vezes acreditava entrever na avidez da condessa um efeito da sua dedicação ao homem do qual continuava enamorada. A condessa havia enterrado os segredos da sua conduta no fundo do seu coração. Ali se encontravam os segredos de vida e de morte para ela, precisamente ali se encontrava o nó desta história. No início do ano de 1818, a Restauração se assentou em bases aparentemente inabaláveis, suas doutrinas governamentais, compreendidas pelos espíritos elevados, pareceram a estes que iriam trazer para a França uma nova era de prosperidade, e então a sociedade parisiense mudou de figura. A sra. condessa Ferraud por acaso se viu tendo feito ao mesmo tempo um casamento de amor, de fortuna e de ambição. Ainda jovem e bela, a sra. Ferraud representou o papel de uma mulher na moda e viveu na atmosfera da corte. Rica por si mesma, rica por seu marido, que, apregoado como um dos homens mais capazes do Partido Realista e amigo do rei, parecia destinado a algum ministério, ela pertencia à aristocracia, ela compartilhava dos seus esplendores. Em meio a esse triunfo, foi acometida de um câncer moral. Há desses sentimentos que as mulheres adivinham apesar do cuidado que os homens põem em ocultá-los. À primeira volta do rei, o conde Ferraud havia se arrependido um pouco do seu casamento. A viúva do coronel Chabert não o havia aliado a ninguém, ele estava só e sem apoio para se dirigir numa carreira cheia de escolhos e de inimigos. Depois, talvez, quando pôde julgar friamente sua mulher, reconheceu nela alguns vícios de educação que a tornavam imprópria a secundá-lo em seus projetos. Uma palavra dita por ele a propósito do casamento de Talleyrand esclareceu a condessa, à qual foi provado que, se ele estivesse para se casar, ela jamais teria sido a sra. Ferraud. Que mulher perdoaria esse arrependimento? Acaso não contém ele todas as injúrias, todos os crimes, todos os repúdios em germe? Que chaga não devia produzir essa palavra no coração da condessa, supondo-se que ela temesse ver seu primeiro marido voltar? Ela ficara sabendo que estava vivo, ela o repelira. E, quando não ouviu mais falar dele, comprouve-se em crê-lo morto em Waterloo com as águias imperiais em companhia de Boutin. Mesmo assim concebeu ligar o conde a ela pelo mais forte dos laços, pela corrente de ouro, e quis ser tão rica que sua fortuna tornasse seu segundo casamento indissolúvel, se por acaso o coronel Chabert reaparecesse. Ele reaparecera, e ela não conseguia se explicar por que a luta que ela temia ainda não havia começado. Os sofrimentos, a doença talvez a tivessem livrado daquele homem. Talvez ele estivesse meio louco, e Charenton poderia ser a explicação. Ela não quis pôr nem Delbecq nem a polícia a par de tudo, com medo de cair nas mãos deles ou de precipitar a catástrofe. Há em Paris muitas mulheres que, como a condessa Ferraud, vivem com um monstro moral desconhecido ou estão à beira de um abismo; elas criam um calo no lugar da sua dor e conseguem continuar a rir e se divertir.

"Há uma coisa muito singular na situação do senhor conde Ferraud", disse consigo Derville ao sair do seu longo devaneio, no momento em que seu cabriolé parava na rue de Varenne, à porta da residência dos Ferraud. "Como ele, tão rico, amado do rei, ainda não é par da França? É verdade que talvez seja da política do rei, como dizia a senhora de Grandlieu, atribuir elevada importância ao pariato não o concedendo em profusão. Aliás, o filho de um conselheiro do Parlamento não é nem um Crillon, nem um Rohan. O conde Ferraud só pode entrar sub-repticiamente na Câmara Alta. Mas, se seu casamento fosse desfeito, não poderia passar a si, para grande satisfação do rei, o pariato de um desses velhos senadores que só têm filhas? Está aí uma boa patranha de que podemos lançar mão para assustar nossa condessa", dizia a si mesmo enquanto subia a escadaria.

Sem saber, Derville havia posto o dedo na chaga secreta, enfiado a mão no câncer que devorava a sra. Ferraud. Foi recebido por ela numa bonita sala de refeições de inverno, onde desjejuava brincando com um macaco preso por uma corrente a uma espécie de coluneta de ferro guarnecida de poleiros. A condessa estava envolta num elegante penhoar, os cachos de seus cabelos, negligentemente presos, escapavam de uma touca que lhe dava um ar maroto. Estava fresca e sorridente. A prata, o vermeil, o nácar cintilavam na mesa, e havia em volta dela curiosas flores arrumadas em magníficos vasos de porcelana. Vendo a mulher do coronel Chabert, enriquecida com seus despojos, em meio ao luxo, no cimo da sociedade, enquanto o infeliz vivia em casa de um pobre leiteiro no meio dos animais, o advogado disse de si para si: "A moral desta história é que uma mulher bonita nunca vai querer reconhecer seu marido e tampouco seu amante num homem de capote velho, peruca de capim e botas furadas". Um sorriso malicioso e mordente exprimiu as ideias metade filosóficas, metade zombeteiras que deviam acudir a um homem tão bem situado para conhecer o fundo das coisas, apesar das mentiras sob as quais a maioria das famílias parisienses esconde sua existência.

— Bom dia, senhor Derville — disse ela, continuando a dar café ao macaco.

— Madame — disse ele bruscamente, por ter lhe chocado o tom ligeiro com que a condessa tinha dito "Bom dia, senhor Derville" —, venho conversar com a senhora sobre um assunto bastante grave.

— Fico *desesperada* com isso, o senhor conde está ausente...

— E eu fico encantado, senhora. Seria *desesperador* que ele assistisse à nossa conferência. Aliás, sei por Delbecq que a senhora gosta de cuidar pessoalmente de seus assuntos, sem aborrecer o senhor conde.

— Então vou mandar chamar Delbecq — disse ela.

— Ele lhe seria inútil, apesar da sua habilidade — replicou Derville. — Ouça, senhora, uma só palavra bastará para fazê-la ficar séria. O coronel Chabert existe.

— É dizendo bufonarias assim que o senhor quer me fazer ficar séria? — disse ela, soltando uma gargalhada.

Mas a condessa foi repentinamente domada pela estranha lucidez do olhar fixo com o qual Derville a interrogava, parecendo ler no fundo da sua alma.

— Madame — ele respondeu com uma gravidade fria e penetrante —, a senhora ignora a extensão dos perigos que a ameaçam. Não lhe falarei da incontestável autenticidade dos documentos, nem da certeza das provas que atestam a existência do coronel Chabert. Não sou homem de me encarregar de uma má causa, a senhora sabe. Caso se oponha a nosso pedido de anulação do atestado de óbito, perderá esse primeiro processo, e essa questão resolvida a nosso favor nos faria ganhar todas as outras.

— De que o senhor pretende me falar?

— Nem do coronel, nem de nós. Tampouco lhe falarei dos memoriais que poderiam fazer advogados espirituosos, munidos dos fatos curiosos desta causa, nem do proveito que tirariam das cartas que a senhora recebeu de seu primeiro marido antes da celebração de seu casamento com o segundo.

— É mentira! — disse ela com toda a violência de uma grande dama. — Nunca recebi cartas do coronel Chabert; e se alguém diz ser o coronel só pode ser um intrigante, algum forçado posto em liberdade, como Coignard, talvez. Eu me arrepio só de pensar. O coronel acaso pode ressuscitar, senhor? Bonaparte me deu condolências por meio de um ajudante de ordens, e ainda hoje recebo três mil francos de pensão concedida à sua viúva pelas Câmaras. Tive mil vezes razão de repelir todos os Chabert que apareceram, assim como repelirei todos os que vierem a aparecer.

— Felizmente estamos a sós, senhora. Podemos mentir à vontade — disse ele friamente, divertindo-se em espicaçar a raiva que agitava a condessa a fim de lhe arrancar algumas indiscrições, uma manobra familiar aos advogados, acostumados a permanecer calmos quando seus adversários ou seus clientes se exaltam.

"Bom, a nós, agora", disse a si mesmo, imaginando no mesmo instante uma cilada para demonstrar à condessa sua fraqueza.

— A prova da entrega da primeira carta existe, senhora, ela continha valores — prosseguiu em voz alta.

— Oh! Valores não continha em absoluto.

— Então a senhora recebeu essa primeira carta —

replicou Derville sorrindo. — A senhora foi pega na primeira cilada que um advogado lhe preparou, e ainda acredita poder lutar com a Justiça...

A condessa enrubesceu, empalideceu, escondeu o rosto nas mãos. Depois sacudiu sua vergonha e respondeu com o sangue-frio natural a esse tipo de mulheres:

— Já que o senhor é o advogado do suposto Chabert, faça-me o favor de...

— Senhora — disse Derville interrompendo-a —, neste momento ainda sou seu advogado, bem como do coronel. Acaso acredita que eu queira perder uma cliente tão preciosa como a senhora? A senhora não está me ouvindo...

— Fale, senhor — disse ela graciosamente.

— Sua fortuna lhe veio do senhor coronel Chabert, e a senhora o repeliu. Sua fortuna é colossal, e a senhora o deixa mendigando. Senhora, os advogados são eloquentes quando as causas são por si mesmas eloquentes; neste caso há circunstâncias capazes de levantar contra a senhora a opinião pública.

— Mas, senhor — disse a condessa impacientada com a maneira como Derville a virava e revirava sobre a grelha —, admitindo que o senhor Chabert de que o senhor fala existe, os tribunais manterão meu segundo casamento por causa dos filhos, e ficarei quite devolvendo ao senhor Chabert duzentos e vinte e cinco mil francos.

— Senhora, não sabemos como os tribunais verão a questão sentimental. Se, de um lado, temos uma mãe e seus filhos, de outro temos um homem cumulado de desgraças, envelhecido pela senhora, por sua recusa. Onde ele encontrará uma mulher? E, depois, podem os juízes ir de encontro à lei? Seu casamento com o coronel tem o direito, a prioridade a seu favor. Mas, se a senhora for representada com odiosas cores, poderá ter um adversário que não esperava. É aí que reside o perigo de que gostaria de preservá-la, senhora.

— Um novo adversário! — fez ela. — Quem?

— O senhor conde Ferraud, senhora.

— O senhor Ferraud tem por mim um apego vivíssimo e, pela mãe de seus filhos, um enorme respeito...

— Não fale essas tolices — disse Derville interrompendo-a — a advogados acostumados a ler no fundo dos corações. Neste momento o senhor Ferraud não tem a menor vontade de romper vosso casamento, e estou persuadido de que ele adora a senhora; mas se alguém vier a lhe dizer que seu casamento pode ser anulado, que sua mulher será condenada como criminosa pela opinião pública...

— Ele me defenderia, senhor!

— Não, senhora.

— Que razão teria ele para me abandonar, senhor?

— Ora, a de casar com a filha única de um par da França, cujo pariato lhe seria transmitido por decreto do rei...

A condessa empalideceu.

"Cá estamos!", disse Derville para si mesmo. "Peguei-te, a causa do pobre coronel está ganha."

— Aliás, senhora — prosseguiu em voz alta —, muito menores seriam seus remorsos porque um homem coberto de glória, general, conde, grande oficial da Legião de Honra, não seria uma sorte desastrosa para a senhora; e se esse homem lhe pedisse sua mulher de volta...

— Basta! Basta, senhor! — disse ela. — Nunca terei outro advogado, senão o senhor. O que fazer?

— Um acordo! — respondeu Derville.

— Ele ainda me ama? — ela perguntou.

— Não me parece possível que não.

A essas palavras, a condessa ergueu a cabeça. Um lampejo de esperança brilhou em seus olhos; ela talvez contasse especular com a ternura do seu primeiro marido para ganhar o processo mediante alguma astúcia de mulher.

— Esperarei suas ordens, senhora, para saber se devo notificá-la de nossas proposições, ou se a senhora quer vir me ver para definir as bases de um acordo — disse Derville, cumprimentando a condessa.

Oito dias depois das duas visitas que Derville fizera, numa bela manhã de junho, os esposos, separados por um acaso quase sobrenatural, partiram dos dois pontos mais opostos de Paris para se encontrar no escritório de seu advogado comum. Os generosos adiantamentos que Derville fizera ao coronel Chabert permitiram que este se vestisse de acordo com sua posição. O defunto chegou, pois, num cabriolé condigno. Tinha a cabeça coberta por uma peruca apropriada à sua fisionomia, vestia-se de azul, camisa branca e sob seu colete trazia a fita vermelha dos grandes oficiais da Legião de Honra. Retomando os costumes da abastança, havia recobrado sua antiga elegância marcial. Mantinha-se ereto. Sua figura, grave e misteriosa, em que se pintavam a felicidade e todas as suas esperanças, parecia rejuvenescida e mais encorpada, para tomar de empréstimo à pintura uma das suas expressões mais pitorescas. Assim como uma moeda de dois *sous* não se parece com uma de quarenta francos recém-cunhada, ele já não se parecia com o coronel Chabert de capote velho. Ao vê-lo, os passantes o reconheceriam facilmente como um dos belos remanescentes do nosso velho Exército, um desses homens heroicos nos quais se reflete nossa glória nacional e que a representam assim como o fulgor de um vidro iluminado pelo sol parece refletir todos os seus raios. Esses velhos soldados são ao mesmo tempo quadros e livros. Quando o conde desceu da sua carruagem para subir ao escritório de Derville, saltou com leveza, tal como um jovem teria feito. Mal seu cabriolé partiu, um bonito cupê armoriado chegou. A sra. condessa Ferraud desceu com uma toalete simples, mas habilmente calculada para mostrar a juventude do seu corpo. Usava um bonito chapéu forrado de rosa que emoldurava perfeitamente seu rosto, dissimulava os contornos deste e a remoçava. Se os clientes tinham remoçado, o escritório continuava igual e oferecia então o quadro por cuja descrição esta história começou. Simonnin almoçava, o ombro apoiado na janela, que agora estava aberta; e espiava o azul do céu pela abertura daquele pátio interno demarcado por quatro corpos de edifícios escuros.

— Ah-ha! — exclamou o jovem escriturário. — Quem quer apostar um espetáculo que o coronel Chabert é general e condecorado com a fita vermelha?

— O patrão é um verdadeiro bruxo! — disse Godeschal.

— Quer dizer que desta vez não vamos lhe pregar uma peça? — perguntou Desroches.

— Sua mulher, a condessa Ferraud, se encarrega! — disse Boucard.

— Ora, vamos — disse Godeschal —, se assim fosse, a condessa Ferraud seria obrigada a ser de dois...

— Lá vem ela! — disse Simonnin.

Naquele momento o coronel entrou e perguntou por Derville.

— Ele está, senhor conde — respondeu Simonnin.

— Com que então você não é surdo, seu gaiato! — disse Chabert, agarrando o pula-brejo pela orelha e torcendo-a, para grande satisfação dos escriturários, que desataram a rir e olharam para o coronel com a curiosa consideração devida àquele singular personagem.

O coronel Chabert estava na sala de Derville no momento em que sua mulher entrou pela porta do escritório.

— Ai, ai, ai, Boucard, vai haver uma cena singular na sala do patrão! Aí temos uma mulher que pode ir nos dias pares à casa do conde Ferraud e nos ímpares à do conde Chabert.

— Nos anos bissextos — disse Godeschal — a conta dá certo.

— Calem-se, senhores, podem nos ouvir — disse severamente Boucard. — Nunca vi escritório de advocacia onde se zombasse dos clientes como os senhores fazem.

Derville havia posto o coronel no quarto de dormir quando a condessa se apresentou.

— Senhora — disse a ela —, não sabendo se lhe agradaria ver o senhor conde Chabert, eu os separei. Se, no entanto, a senhora desejar...

— Senhor, é uma atenção pela qual lhe agradeço.

— Preparei a minuta de um acordo cujas condições poderão ser discutidas pela senhora e pelo senhor Chabert, imediatamente. Irei alternativamente da senhora a ele, para apresentar a ambos vossas respectivas razões.

— Vejamo-la, senhor — disse a condessa, deixando escapar um gesto de impaciência.

Derville leu.

— "Entre os abaixo assinados, senhor Hyacinthe, *dito Chabert*, conde, marechal de campo e grande oficial da Legião de Honra, residente em Paris, à rue du Petit--Banquier, por um lado; e a senhora Rose Chapotel, esposa do senhor conde Chabert, supracitado, nascida..."

— Passemos — disse ela —, deixemos de lado os preâmbulos e vamos às condições.

— Senhora — disse o advogado —, o preâmbulo explica sucintamente a situação em que Vossas Senhorias se encontram. Depois, pelo artigo primeiro, ambos reconhecem, em presença de três testemunhas, que são dois notários e o leiteiro em cuja casa morou seu marido, a quem confiei sob segredo vosso caso e que guardarão o mais profundo silêncio; ambos reconhecem, dizia eu, que o indivíduo designado nos documentos anexos ao termo do acordo, cujo estado é estabelecido em outra peça por um ato notarial preparado pelo senhor Alexandre Crottat, seu notário, é o conde Chabert, seu primeiro esposo. Pelo artigo segundo, o conde Chabert, no interesse da sua felicidade, se compromete a não fazer uso dos seus direitos, salvo nos casos previstos pelo próprio instrumento. E esses casos — disse Derville, abrindo uma espécie de parêntese — não são outros que a não execução das cláusulas desse acordo secreto. Por sua vez — prosseguiu —, o senhor Chabert aceita pedir em juízo, de comum acordo com a senhora, a anulação do seu atestado de óbito e a dissolução do seu casamento.

— Isso não me convém — disse a condessa espantada. — Não quero entrar em juízo. O senhor sabe por quê.

— Pelo artigo terceiro — disse o advogado, continuando com uma fleuma imperturbável —, a senhora se compromete a constituir em favor de Hyacinthe, conde Chabert, uma renda vitalícia de vinte e quatro mil francos, inscrita no livro da dívida pública, mas cujo capital será devolvido à senhora quando da morte dele...

— Mas é dinheiro demais! — disse a condessa.

— A senhora faria um acordo por menos?

— Talvez.

— O que a senhora quer, então?

— Eu quero, não quero entrar em juízo, quero...

— Que ele continue morto — disse vivamente Derville, interrompendo-a.

— Senhor — disse a condessa —, se forem necessárias vinte e quatro mil libras de renda contestaremos...

— Sim, contestaremos — exclamou com uma voz surda o coronel, que abriu a porta e apareceu de repente diante da sua mulher, com uma das mãos dentro do seu colete e a outra estendida para o assoalho, gesto a que a lembrança da sua aventura dava uma horrível energia.

"É ele!", disse a condessa para si mesma.

— Dinheiro demais! — prosseguiu o velho soldado. — Eu lhe dei quase um milhão e a senhora barganha minha desventura. Pois bem, agora quero a senhora e a sua fortuna. Somos casados por comunhão de bens, nosso casamento não cessou.

— Mas o senhor não é o coronel Chabert! — exclamou a condessa, simulando surpresa.

— Ah! — fez o ancião num tom profundamente irônico. — Quer provas? Eu a apanhei no Palais-Royal...[6]

6 Na época, local de prostituição.

A condessa empalideceu. Vendo-a empalidecer sob seu ruge, o velho soldado, comovido com o sofrimento que impunha a uma mulher outrora amada com ardor, se deteve; mas recebeu um olhar tão venenoso que prosseguiu de súbito:

— A senhora estava no estabelecimento da...

— Por favor, senhor — disse a condessa ao advogado —, permita que eu saia daqui. Não vim para ouvir semelhantes horrores.

Levantou-se e saiu. Derville correu para o escritório. A condessa havia encontrado asas e tinha como que voado embora. Voltando à sua sala, o advogado encontrou o coronel num violento acesso de raiva, andando de um lado para o outro.

— Naquela época cada um apanhava sua mulher onde queria — dizia. — Mas errei em escolhê-la mal, em me fiar nas aparências. Ela não tem coração.

— E então, coronel, eu não tinha razão ao lhe rogar que não viesse? Agora tenho certeza da sua identidade. Quando o senhor apareceu, a condessa fez um movimento cuja causa era inequívoca. Mas o senhor perdeu seu processo, sua mulher sabe que o senhor está irreconhecível!

— Eu a matarei...

— Loucura! O senhor será preso e guilhotinado como um miserável. Aliás, talvez falhe na sua tentativa! Seria imperdoável, nunca se deve falhar quando se quer matar a esposa. Deixe-me reparar suas tolices, ó grande criança! Vá embora. Cuide-se, ela seria capaz de lhe fazer cair em alguma cilada e confiná-lo em Charenton. Vou notificar a condessa de nossas proposições para garanti-lo contra qualquer surpresa.

O pobre coronel obedeceu a seu jovem benfeitor e saiu balbuciando desculpas. Descia lentamente os degraus da escada escura, perdido em sombrios pensamentos, arrasado pelo golpe que acabava de levar, para ele o mais cruel, o mais profundamente cravado em seu coração, quando ouviu, vindo do último patamar da escada, o fru-fru de um vestido, e sua mulher apareceu.

— Venha, senhor — ela lhe disse pegando-o pelo braço, num movimento parecido com os que lhe eram familiares outrora.

A ação da condessa, a inflexão da sua voz novamente graciosa bastaram para aplacar a cólera do coronel, que se deixou conduzir até a carruagem.

— Vamos, suba! — disse a condessa quando o lacaio terminou de desdobrar o estribo.

E, como por encantamento, ele se viu sentado perto de sua mulher no cupê.

— Aonde madame vai? — perguntou o lacaio.

— A Groslay — disse ela.

Os cavalos partiram e atravessaram Paris.

— Senhor! — disse a condessa ao coronel com um tom de voz que revelava uma dessas emoções raras na vida, e pelas quais tudo em nós se agita.

Nesses momentos, coração, fibras, nervos, fisionomia, alma e corpo, tudo, cada poro mesmo estremece. A vida parece não estar mais em nós; ela sai de nós e jorra, ela se comunica como por contágio, transmite-se pelo olhar, pela inflexão da voz, pelo gesto, impondo nosso querer aos outros. O velho soldado estremeceu ao ouvir essa simples, essa primeira, essa terrível palavra: "Senhor!". Mas ela era também, ao mesmo tempo, uma reprimenda, uma súplica, um perdão, uma esperança, um desespero, uma interrogação, uma resposta. Aquela palavra abrangia tudo. Só mesmo sendo uma atriz para jogar tanta eloquência, tanto sentimento numa palavra. O verdadeiro não é tão completo em sua expressão, não põe tudo para fora, deixa ver tudo o que está dentro. O coronel teve mil remorsos por suas desconfianças, por suas exigências, por sua cólera, e baixou os olhos para não deixar adivinhar sua perturbação.

— Senhor — prosseguiu a condessa após uma pausa imperceptível —, eu o reconheci!

— Rosine — disse o velho soldado —, essa palavra contém o único bálsamo capaz de me fazer esquecer minhas desventuras.

Duas grossas lágrimas rolaram quentes nas mãos de sua mulher, que ele apertou para exprimir uma ternura paterna.

— Senhor — ela prosseguiu —, como não entendeu que me custava horrivelmente aparecer diante de um estranho numa posição tão insegura quanto a minha? Se devo me envergonhar da minha situação, pelo menos que seja em família. Esse segredo não devia permanecer sepultado em nossos corações? O senhor me absolverá, espero, da minha indiferença aparente ante os infortúnios de um Chabert em cuja existência eu não devia crer. Recebi suas cartas — disse ela vivamente, lendo nos traços do marido a objeção que se exprimia —, mas elas me chegaram treze meses depois da Batalha de Eylau; estavam abertas, sujas, a letra era irreconhecível, e acreditei, depois de ter obtido a assinatura de Napoleão no meu novo contrato de casamento, que um hábil intrigante queria fazer troça de mim. Para não perturbar o descanso do senhor conde Ferraud e não alterar os laços de família, tive de tomar precauções contra um falso Chabert. Não acha que tinha razão?

— Sim, você teve razão, eu é que sou um tolo, um animal, uma besta, por não ter sabido calcular melhor as consequências de semelhante situação. Mas aonde vamos? — perguntou o coronel ao se ver na barreira de La Chapelle.

— À minha residência de campo, perto de Groslay, no vale de Montmorency. Lá, senhor, refletiremos juntos sobre a posição que devemos tomar. Conheço meus deveres. Se sou do senhor de direito, não lhe pertenço mais de fato. Será que o senhor deseja que nos tornemos a fábula de toda Paris? Não vamos dar ao público notícia desta situação, que para mim apresenta um aspecto ridículo, e saibamos preservar nossa dignidade. O senhor ainda me ama — prosseguiu ela dirigindo ao coronel um olhar triste e doce —, mas não fui eu autorizada a constituir outros laços? Nessa singular posição, uma voz secreta me diz para contar com a sua bondade, que conheço tão bem. Estaria eu errada ao tomar o senhor como único árbitro do meu destino? Seja juiz e parte. Eu me confio à nobreza do seu caráter. O senhor terá a generosidade de me perdoar os resultados de erros inocentes. Eu lhe confessarei, pois: amo o senhor Ferraud. Achei-me no direito de amá-lo. Não me enrubesço com essa confissão feita ao senhor; se ela o ofende, não o desonra. Não posso lhe ocultar os fatos. Quando o acaso me deixou viúva, eu não era mãe.

O coronel fez à sua mulher um sinal com a mão para lhe impor silêncio, e eles ficaram sem proferir uma só palavra durante meia légua. Chabert acreditava ver as duas crianças diante dele.

— Rosine!

— Senhor?

— Erram os mortos ao voltar?

— Oh, senhor, não, não! Não me creia uma ingrata. Mas o senhor encontra uma amante, uma mãe, onde havia deixado uma esposa. Se já não posso amá-lo, sei tudo o que lhe devo e ainda posso oferecer-lhe os afetos de uma filha.

— Rosine — replicou o ancião com uma voz meiga —, não tenho mais nenhum ressentimento contra você. Esqueceremos tudo — acrescentou com um desses sorrisos cuja graça é sempre o reflexo de uma bela alma. — Não sou tão pouco delicado assim para exigir simulacros de amor de uma mulher que não me ama mais.

A condessa lançou-lhe um olhar impregnado de tal reconhecimento que o pobre Chabert desejou enfiar-se de novo em sua vala comum de Eylau. Certos homens têm uma alma forte o bastante para tais dedicações, cuja recompensa se encontra para eles na certeza de terem feito a felicidade da pessoa amada.

— Meu amigo, falaremos disso tudo mais tarde e com o coração tranquilo — disse a condessa.

A conversa tomou outro rumo, porque era impossível continuá-la muito tempo sobre aquele tema. Embora os dois esposos voltassem seguidamente à sua situação bizarra, seja por alusões, seja seriamente, fizeram uma viagem encantadora, lembrando-se dos acontecimentos de sua união passada e das coisas do Império. A condessa soube imprimir um doce encanto a essas lembranças e derramou na conversa uma tinta de melancolia necessária para manter a gravidade. Ela fazia reviver o amor sem excitar nenhum desejo e deixava seu primeiro esposo entrever todas as riquezas morais que ela havia adquirido, tratando de acostumá-lo à ideia de restringir sua felicidade apenas aos prazeres que um pai experimenta junto de uma filha querida. O coronel tinha conhecido a condessa do Império, revia uma condessa da Restauração. Enfim os dois esposos chegaram por uma vereda a um grande parque situado no pequeno vale que separa os altos de Margency da graciosa aldeia de Groslay. A condessa possuía ali uma deliciosa casa em que o coronel viu, ao chegar, todos os aprestos que sua estada e da sua mulher necessitavam. O infortúnio é uma espécie de talismã cuja virtude consiste em corroborar nossa constituição primitiva: ele aumenta a desconfiança e a maldade de certos homens, assim como aumenta a bondade dos que têm um coração excelente. O infortúnio havia tornado o coronel ainda mais generoso e melhor do que havia sido; ele podia, portanto, se iniciar no segredo dos sofrimentos femininos que são desconhecidos da maioria dos homens. No entanto, apesar da sua pouca desconfiança, não pôde se impedir de perguntar à sua mulher:

— A senhora tinha então certeza de que me traria aqui?

— Sim — ela respondeu —, se reconhecesse o coronel Chabert no litigante.

O ar de verdade que ela soube pôr nessa resposta dissipou as leves suspeitas que o coronel se envergonhou de ter sentido. Durante três dias a condessa foi admirável com seu primeiro marido. Por ternas atenções e por sua constante meiguice ela parecia querer apagar a lembrança dos sofrimentos que ele havia suportado, fazer-se perdoar os infortúnios que, segundo confessou, havia inocentemente causado; ela se comprazia em prodigalizá-lo, dando-lhe ao mesmo tempo a perceber uma espécie de melancolia, os encantos aos quais ela o sabia fraco; porque somos mais particularmente acessíveis a certos modos, a umas graças de coração ou de espírito a que não resistimos; ela queria interessá-lo à sua situação e enternecê-lo o bastante para se apossar do seu espírito e dispor soberanamente dele. Decidida a tudo para alcançar seus fins, ela ainda não sabia o que fazer daquele homem, mas certamente queria aniquilá-lo socialmente. Na noite do terceiro dia ela sentiu que, apesar dos seus esforços, não podia ocultar as inquietações que o resultado das suas manobras lhe causava. Para estar um instante à vontade, subiu a seus aposentos, sentou-se à sua secretária, tirou a máscara de tranquilidade que conservava diante do conde Chabert, como uma atriz que, voltando cansada para o seu camarim depois de um penoso quinto ato, cai semimorta e deixa na sala uma imagem de si com a qual não se parece mais. Pôs-se a terminar uma carta já iniciada que escrevia a Delbecq, a quem dizia para, em seu nome, ir pedir a Derville comunicação dos documentos relativos a Chabert, copiá-los e vir imediatamente encontrá-la em Groslay. Mal terminou, ouviu no corredor o ruído dos passos do coronel, que, preocupado, vinha procurá-la.

— Ai de mim — suspirou em voz alta —, quisera estar morta! Minha situação é intolerável...

— O que é que há, senhora? — perguntou o bom coronel.

— Nada, nada — respondeu ela.

A condessa levantou, deixou o coronel e desceu para falar sem testemunhas com sua camareira, que enviou a Paris, recomendando-lhe entregar pessoalmente a Delbecq a carta que acabava de escrever e trazê-la de volta assim que ele a lesse. Depois a condessa foi sentar num banco em que ficasse bem à vista para que o coronel fosse encontrá-la quando bem entendesse. O coronel, que já procurava sua mulher, foi ter com ela e sentou-se a seu lado.

— Rosine — disse a ela —, o que é que há?

Ela não respondeu. O anoitecer era um desses anoiteceres magníficos e calmos cujas secretas harmonias difundem, no mês de junho, tanta suavidade ao pôr do sol. O ar era puro e o silêncio profundo, de sorte que se podiam ouvir, vindas de longe no parque, as vozes de umas crianças que acrescentavam uma espécie de melodia ao sublime da paisagem.

— Não me responde? — perguntou o coronel à sua mulher.

— Meu marido... — disse a condessa, que se deteve, fez um movimento e se interrompeu para perguntar enrubescendo: — Como devo dizer ao falar do senhor conde Ferraud?

— Chame-o de seu marido, minha filha — respondeu o coronel com um acento de bondade. — Não é ele o pai de seus filhos?

— Pois bem — ela prosseguiu —, se ele me perguntar o que vim fazer aqui, se souber que me encerrei com um desconhecido, o que vou lhe dizer? Escute, senhor — continuou, tomando uma atitude cheia de dignidade —, decida a minha sorte, estou resignada a tudo...

— Minha cara — disse o coronel pegando as mãos de sua mulher —, resolvi me sacrificar inteiramente à sua felicidade...

— Isso é impossível! — ela exclamou, deixando escapar um movimento convulsivo. — Pense que, em tal caso, o senhor teria de renunciar a si mesmo e de maneira autêntica...

— Como! — fez o coronel —, minha palavra não lhe basta?

A palavra "autêntica"[7] caiu em cheio no coração do velho e despertou suas desconfianças involuntárias. Lançou sobre sua mulher um olhar que a fez enrubescer, ela baixou os olhos, e ele teve medo de se ver obrigado a desprezá-la. A condessa temia haver ferido o selvagem pudor, a probidade severa de um homem cujo caráter generoso, cujas virtudes primitivas ela conhecia bem. Embora essas ideias houvessem espalhado algumas nuvens na fisionomia deles, a boa harmonia logo se restabeleceu. Eis como. Um grito de criança ecoou ao longe.

— Jules, deixe sua irmã em paz — gritou a condessa.

— O quê! Seus filhos estão aqui? — disse o coronel.

— Sim, mas proibi que importunassem o senhor.

O velho soldado compreendeu a delicadeza, o tato de mulher encerrado naquele procedimento tão gracioso, e pegou a mão da condessa para beijá-la.

— Deixe-os vir, ora! — disse ele.

A menina vinha correndo se queixar do irmão.

— Mamãe!

— Mamãe!

— Foi ele que...

— Foi ela que...

As mãos estavam estendidas para a mãe, e as duas vozes infantis se misturavam. Foi um quadro inesperado e delicioso!

— Pobres crianças! — exclamou a condessa, não contendo mais as lágrimas. — Terei de deixá-las; a quem as entregará a Justiça? Não se divide um coração de mãe, eu as quero!

7 "Autêntico", no vocabulário jurídico, significa "autenticado", legalmente reconhecido.

— O senhor é que está fazendo mamãe chorar? — perguntou Jules, lançando um olhar de cólera para o coronel.

— Cale-se, Jules — exclamou a mãe com um ar imperioso.

As duas crianças permaneceram de pé em silêncio, examinando a mãe e o estranho com uma curiosidade impossível de exprimir com palavras.

— Oh, sim! — prosseguiu ela —, se me separarem do conde, deixem-me meus filhos e aceitarei tudo...

Foram palavras decisivas que obtiveram todo o sucesso que ela havia esperado.

— Sim — exclamou o coronel, como se acabasse uma frase mentalmente iniciada —, tenho de voltar para debaixo da terra. Eu já tinha me dito isso.

— Como posso aceitar tal sacrifício? — respondeu a condessa. — Se alguns homens morreram para salvar a honra de sua amante, deram sua vida somente uma vez. Mas neste caso o senhor daria sua vida todos os dias! Não, não, é impossível. Caso se tratasse somente da sua existência, não seria nada; mas assinar que o senhor não é o coronel Chabert, reconhecer que é um impostor, dar sua honra, cometer uma mentira a todas as horas do dia, a devoção humana não saberia chegar até lá. Pense bem! Não. Não fossem meus filhos, eu já teria fugido com o senhor para o fim do mundo...

— Mas — replicou Chabert — não posso viver aqui, em sua vivenda, como um de seus parentes? Estou gasto como um canhão de ferro-velho, só preciso de um pouco de tabaco e do *Le Constitutionnel*.[8]

A condessa se desfez em lágrimas. Houve entre a condessa Ferraud e o coronel Chabert um combate de generosidade de que o soldado saiu vencedor. Uma noite, vendo aquela mãe entre seus filhos, o soldado foi seduzido pelas comoventes graças de um quadro de família,

8 Jornal liberal e anticlerical, de tendência bonapartista.

no campo, envolto na sombra e no silêncio; ele tomou a decisão de continuar morto e, não se espantando mais com a autenticidade de um documento, perguntou como devia fazer para assegurar irrevogavelmente a felicidade daquela família.

— Faça como o senhor quiser! — respondeu-lhe a condessa. — Devo lhe dizer que não intervirei nesse assunto. Não devo fazê-lo.

Delbecq havia chegado alguns dias antes e, seguindo as instruções verbais da condessa, soube conquistar a confiança do velho militar. Assim, na manhã seguinte, o coronel Chabert partiu com o ex-advogado para Saint-Leu-Taverny, onde o intendente havia pedido ao notário que preparasse um documento em termos tão crus que o coronel saiu bruscamente do escritório depois de ouvir a leitura.

— Com mil trovões! Que bela figura eu faria! Iria passar por um falsário! — exclamou.

— Senhor — disse Delbecq a ele —, não o aconselho a assinar apressadamente. Fosse eu o senhor, arrancaria pelo menos trinta mil libras de renda desse processo, porque a senhora as daria.

Depois de ter fulminado aquele emérito tratante com o luminoso olhar de um homem de bem indignado, o coronel se foi carregado por mil sentimentos contraditórios. Ficou novamente desconfiado, indignou-se, acalmou-se sucessivamente. Afinal, entrou no parque de Groslay por uma brecha no muro e foi a passos lentos descansar e refletir à vontade num gabinete disposto sob um quiosque de onde se avistava o caminho de Saint-Leu. Como a alameda era coberta com aquela terra amarelada que substitui o cascalho dos rios, a condessa, que estava sentada na saleta daquela espécie de pavilhão, não ouviu o coronel se aproximar, tão preocupada que estava com o sucesso da sua empresa para prestar atenção no leve ruído que seu marido fez. O velho soldado tampouco percebeu sua mulher no andar de cima do pequeno pavilhão.

— E então, senhor Delbecq, ele assinou? — perguntou a condessa a seu intendente, a quem vira chegando sozinho pelo caminho por cima da sebe do fosso que circundava o parque.

— Não, senhora. Nem sei que fim levou nosso homem. O cavalo velho embraveceu.

— Então vamos acabar tendo de interná-lo em Charenton, pois que está em nossas mãos — disse ela.

O coronel, que recobrou a elasticidade da juventude para atravessar o fosso, num piscar de olhos estava na frente do intendente, no qual aplicou o mais belo par de bofetadas que as duas bochechas de um advogado já levaram.

— Acrescente que cavalo velho sabe dar coice — disse a ele.

Dissipada aquela cólera, o coronel não se sentiu mais com forças para pular o fosso. A verdade tinha se mostrado em sua nudez. As palavras da condessa e a resposta de Delbecq haviam desvendado o complô de que ele ia ser vítima. Os cuidados que lhe haviam dispensado eram um chamariz para pegá-lo numa armadilha. Essas palavras foram como a gota de um veneno sutil que determinou no velho soldado a volta das suas dores tanto físicas como morais. Dirigiu-se de volta ao quiosque pela porta do parque, caminhando lentamente, como um homem arrasado. Logo, nem paz nem trégua para ele! A partir daquele momento tinha de iniciar com aquela mulher a guerra odiosa de que lhe falara Derville, entrar numa vida de processos, se nutrir de fel, beber toda manhã um cálice de amargor. E, depois, pensamento pavoroso, onde encontrar o dinheiro necessário para pagar as custas das primeiras instâncias? Sentiu um desgosto tão grande pela vida que, se houvesse água por perto, teria se jogado nela; se tivesse pistolas, teria estourado os miolos. Depois caiu de novo na incerteza de ideias que, desde sua conversa com Derville na casa do leiteiro, havia mudado seu moral. Enfim, chegando em frente ao quiosque, subiu à saleta aérea cujas rosáceas de vidro ofereciam a vista de cada uma das deslumbrantes perspectivas do vale, onde encontrou sua mulher sentada numa cadeira. A condessa examinava a paisagem e mantinha uma atitude cheia de calma, mostrando aquela impenetrável fisionomia que as mulheres determinadas a tudo sabem assumir. Enxugou os olhos como se tivesse derramado lágrimas e brincou num gesto distraído com a longa faixa cor-de-rosa da sua cintura. No entanto, apesar da sua segurança aparente, não pôde deixar de se arrepiar ao ver diante dela seu venerável benfeitor, de pé, braços cruzados, rosto pálido, fronte severa.

— Senhora — disse ele depois de olhar fixamente para ela um momento, forçando-a a corar. — Senhora, eu não a amaldiçoo, eu a desprezo. Agora, agradeço o acaso que nos desuniu. Sequer sinto desejo de vingança, não a amo mais. Não quero nada da senhora. Viva tranquila dando fé à minha palavra, ela vale mais do que os rabiscos de todos os notários de Paris. Jamais reclamarei o nome que eu talvez tenha ilustrado. Não sou mais que um pobre-diabo chamado Hyacinthe, que pede apenas seu lugar ao sol. Adeus...

A condessa se jogou aos pés do coronel e quis retê-lo agarrando suas mãos; mas ele a repeliu com asco, dizendo-lhe:

— Não me toque.

A condessa fez um gesto intraduzível quando ouviu o ruído dos passos do marido. Depois, com a profunda perspicácia que uma elevada celeradez ou o feroz egoísmo que a vida mundana proporciona, achou que poderia viver em paz com a promessa e o desprezo daquele leal soldado.

Chabert de fato desapareceu. O leiteiro faliu e virou cocheiro de cabriolé. Talvez o coronel tenha se dedicado de início a algum ofício desse gênero. Talvez, como uma pedra atirada num abismo, tenha ele ido, de ricochete em ricochete, se abismar nesse lamaçal de andrajos que viceja pelas ruas de Paris.

Seis meses depois desse acontecimento, Derville, que não ouvia mais falar nem do coronel Chabert nem da condessa Ferraud, pensou que tinha sem dúvida havido um acordo entre eles, cuja elaboração, por vingança, a condessa confiara a outro advogado. Então, uma manhã, suputou as somas adiantadas ao dito Chabert, acrescentou as custas e pediu para a condessa Ferraud reclamar ao sr. conde Chabert o montante daquela nota, presumindo que ela sabia onde se encontrava seu primeiro marido.

Na manhã seguinte, o intendente do conde Ferraud, recentemente nomeado presidente do Tribunal de Primeira Instância de uma cidade importante, escreveu a Derville este bilhete desolador:

Senhor,

A senhora condessa Ferraud me encarrega de avisá-lo que seu cliente havia abusado completamente da sua confiança e de que o indivíduo que dizia ser o coronel Chabert reconheceu ter assumido indevidamente falsas qualidades.

Aproveitamos o ensejo etc.

DELBECQ

— Palavra de honra, tem gente que é tola demais! Frauda até o batismo! — exclamou Derville. — Se um homem for humano, generoso, filantropo e advogado, se arruína! Está aí um caso que me custa mais de duas notas de mil francos.

Algum tempo depois de receber essa carta, Derville procurava no Palácio de Justiça um advogado com quem queria falar e que exercia no Tribunal Correcional. O acaso quis que Derville entrasse na sexta câmara no momento em que o presidente condenava a dois meses de prisão por vagabundagem um certo Hyacinthe e ordenava que ele fosse levado para o Depósito de Mendigos de Saint-Denis, sentença que, segundo a jurisprudência dos prefeitos de polícia, equivale a uma prisão perpétua. Ao ouvir o nome de Hyacinthe, Derville olhou para o delinquente sentado entre dois gendarmes no banco dos réus e reconheceu, na pessoa do condenado, seu falso coronel Chabert. O velho soldado estava calmo, imóvel, quase distraído. Apesar dos seus andrajos, apesar da miséria gravada em sua fisionomia, ela atestava uma nobre altivez. Seu olhar tinha uma expressão de estoicismo que um magistrado não deveria desconhecer; mas a partir do momento em que um homem cai nas mãos da Justiça, passa a ser apenas um ser moral, uma questão de direito ou de fato, e aos olhos dos estatísticos se torna um número. Quando o soldado foi conduzido de volta ao cartório do tribunal para ser levado mais tarde com a fornada de vagabundos que estavam sendo julgados naquele momento, Derville usou do direito que têm os advogados de entrar em todas as dependências do Palácio, acompanhou-o ao cartório e observou-o por alguns instantes, assim como aos curiosos mendigos entre os quais ele se encontrava. A antecâmara do cartório oferecia então um desses espetáculos que infelizmente nem os legisladores, nem os filantropos, nem os pintores, nem os escritores vão estudar. Como todos os laboratórios da chicana, aquela antecâmara é uma peça escura e fedorenta, cujas paredes são completadas com um banco de madeira enegrecida pela estada perpétua dos desventurados que vêm a esse encontro de todas as misérias sociais e ao qual nenhum deles falta. Um poeta diria que o dia tem vergonha de clarear esse terrível esgoto pelo qual passam tantos infortúnios! Não há um só lugar em que não esteja sentado algum crime em germe ou consumado; um só lugar em que não se encontre um homem que, desesperado pelo ligeiro estigma que a Justiça havia imprimido quando da sua primeira falta, não tenha iniciado uma existência ao cabo da qual se ergueria a guilhotina ou detonaria a pistola do suicídio. Todos os que caem nas ruas de Paris ricocheteiam e vão bater nessas muralhas amareladas nas quais um filantropo que não seria um especulador poderia decifrar a justificativa dos numerosos suicídios de que se queixam certos escritores hipócritas, incapazes de dar um só passo para preveni-los e que está descrita nessa antecâmara, espécie de prefácio para os dramas do necrotério ou da place de Grève.[9] Nesse momento o coronel Chabert sentou entre aqueles homens de faces enérgicas, vestindo as horríveis librés da miséria, silenciosos a intervalos, ou conversando em voz baixa, porque três gendarmes de guarda passeavam fazendo seus sabres retinir no assoalho.

— O senhor me reconhece? — perguntou Derville ao velho soldado, pondo-se à sua frente.

— Sim, senhor — respondeu Chabert se levantando.

— Se o senhor é um homem honesto — prosseguiu Derville em voz baixa —, como pôde ficar em débito comigo?

O velho soldado enrubesceu como teria ocorrido com uma mocinha acusada pela mãe de um amor clandestino.

— Como! A senhora Ferraud não o pagou? — exclamou em voz alta.

— Pagou? — fez Derville. — Ela me escreveu que o senhor era um intrigante.

O coronel ergueu os olhos por um sublime movimento de horror e de imprecação, como para clamar ao céu justiça contra essa nova insídia.

— Senhor — disse ele com uma voz acalmada à custa de muito esforço —, obtenha dos gendarmes o favor de me deixar entrar no cartório, que lhe assino uma ordem de pagamento que será certamente quitada.

Com uma palavra dita ao brigadeiro, Derville teve a permissão de levar seu cliente ao cartório do tribunal, onde Hyacinthe escreveu algumas linhas endereçadas à condessa Ferraud.

9 Praça onde eram realizadas as execuções públicas, hoje place de l'Hôtel-de-Ville.

— Envie isto a ela — disse o soldado — e o senhor será reembolsado das suas custas e dos seus adiantamentos. Acredite, senhor, que se não lhe testemunhei o reconhecimento que lhe devo por seus bons ofícios, nem por isso ele deixa de estar aqui — disse pondo a mão no coração. — Sim, está aqui, pleno e inteiro. Mas o que podem os desventurados? Eles amam, somente isso.

— Como! — fez Derville. — O senhor não estipulou uma renda para si?

— Não me fale nisso! — respondeu o velho militar. — O senhor não pode saber até onde vai meu desprezo por esta vida exterior a que a maioria dos homens tanto se apega. Fui subitamente acometido por uma doença, o desgosto pela humanidade. Quando penso que Napoleão está em Santa Helena, para mim tudo neste mundo fica indiferente. Não posso mais ser soldado, é esse todo o meu infortúnio. Enfim — acrescentou fazendo um gesto cheio de infantilidade —, é melhor ter luxo em seus sentimentos do que em seus trajes. Não temo, quanto a mim, o desprezo de ninguém.

E o coronel voltou a sentar em seu banco. Derville saiu. De volta a seu escritório, enviou Godeschal, então seu segundo escriturário, à casa da condessa Ferraud, que, ao ler a nota, mandou pagar imediatamente a soma devida ao advogado do conde Chabert.

Em 1840, em fins do mês de junho, Godeschal, então advogado, ia a Ris em companhia de seu predecessor, Derville. Quando chegaram à avenida que conduz à estrada de Bicêtre, avistaram sob um dos olmos do caminho um desses pobres velhos encanecidos e alquebrados que obtiveram o bastão de marechal dos mendigos que vivem em Bicêtre, assim como as mulheres indigentes vivem na Salpêtrière.[10] Esse homem, um dos dois mil in-

10 Nesses dois hospitais eram internados, junto com os doentes comuns, velhos e mendigos, criminosos e loucos.

fortunados internados no Hospice de la Vieillesse, estava sentado num pilar da avenida e parecia concentrar toda a sua inteligência numa operação bem conhecida dos inválidos, que consiste em pôr para secar ao sol o tabaco de seus lenços,[11] talvez para não terem de lavá-los. O velhote tinha uma fisionomia enternecedora. Vestia aquela bata avermelhada que o asilo oferece a seus hóspedes, uma espécie de horrível libré.

— Olhe só, Derville — disse Godeschal a seu companheiro de viagem —, veja aquele velho. Não parece esses grotescos que nos vêm da Alemanha? E isso vive, e quem sabe isso é até feliz!

Derville pegou seu lorgnon, olhou para o pobretão, deixou escapar um movimento de surpresa e disse:

— Aquele velho ali, meu caro, é todo um poema ou, como dizem os românticos, um drama. Você já esteve alguma vez com a condessa Ferraud?

— Sim, é uma mulher espirituosa e muito agradável, mas devota demais — disse Godeschal.

— Aquele velho é seu marido legítimo, o conde Chabert, o velho coronel, foi ela sem dúvida que mandou interná-lo. Se ele está neste asilo em vez de morar num solar, foi unicamente por ter lembrado à bela condessa Ferraud que ele a tinha apanhado, como um fiacre, numa praça pública. Ainda me lembro do olhar de tigre que ela lhe lançou naquele momento.

11 A formulação é, evidentemente, irônica. O tabaco também era usado para cheirar (rapé), o que fazia espirrar e escorrer o nariz, borrando os lenços com sua cor. Em *O vendedor de especiarias*, de 1840, Balzac volta ao tema com sua costumeira mordacidade: "Inválido, ele venderá a você o tabaco eterno que você faz passar da tabaqueira ao seu nariz, do seu nariz ao seu lenço, do seu lenço à sua tabaqueira: o nariz, o tabaco e o lenço de um inválido não são uma imagem do infinito, tanto quanto a serpente que morde a própria cauda?".

Como esse início excitou a curiosidade de Godeschal, Derville lhe contou a história que precede. Dois dias depois, segunda-feira de manhã, ao voltarem a Paris, os dois amigos olharam para Bicêtre, e Derville sugeriu que fossem ver o coronel Chabert. Na metade da avenida, os dois amigos encontraram o velhote sentado num tronco de árvore caído, tendo na mão uma bengala com a qual se distraía riscando linhas na areia. Ao olhar atentamente para ele, perceberam que não fora em Bicêtre que havia almoçado.[12]

— Bom dia, coronel Chabert — disse-lhe Derville.

— Chabert não! Chabert não! Meu nome é Hyacinthe — respondeu o velho. — Não sou mais um homem, sou o número 164, sétima sala — acrescentou, olhando para Derville com uma ansiedade temerosa, com um medo de velho e de criança. — Os senhores vão ver o condenado à morte? — indagou após um momento de silêncio. — Ele não é casado! Feliz dele.

— Pobre homem — disse Godeschal. — Quer dinheiro para comprar tabaco?

Com toda a ingenuidade de um garoto das ruas de Paris, o coronel estendeu avidamente a mão para cada um dos dois desconhecidos, que lhe deram uma moeda de vinte francos; agradeceu com um olhar estúpido, dizendo:

— Valentes soldados!

Pôs-se em posição de tiro, fingiu apontar para eles e exclamou sorrindo:

— Fogo de duas peças! Viva Napoleão!

E descreveu no ar um arabesco imaginário com sua bengala.

— Seu ferimento deve tê-lo feito voltar à infância — disse Derville.

12 Chabert estava bêbado, e como no asilo não se serviam bebidas alcoólicas... Essa imagem é confirmada mais adiante, ao dizer que o coronel "fez a segunda-feira", isto é, se embriagou, como os trabalhadores ao folgar nesse dia.

— Ele, à infância! — exclamou um velho internado que os observava. — Tem dias em que é melhor não pisar nos seus calos. É um velho finório cheio de filosofia e de imaginação. Mas hoje, sabem como é, ele *fez a segunda-feira*. Senhor, em 1820 ele já estava aqui. Então, um oficial prussiano, cuja caleche subia a ladeira de Villejuif, passou a pé. Nós dois, Hyacinthe e eu, estávamos na beira da estrada. Enquanto andava, o oficial conversava com outro, um russo, ou algum animal da mesma espécie, e ao ver o veterano, o prussiano, fazendo piada, lhe disse: "Eis um velho *voltigeur* que deve ter estado em Rossbach". "Eu era jovem demais para estar lá", respondeu Hyacinthe,"mas velho o bastante para me encontrar em Iena."[13] Então o prussiano bateu em retirada, sem dizer mais nada.

— Que sina! — exclamou Derville. — Saiu do asilo das crianças abandonadas e vem morrer no asilo dos velhos, depois de ter, entrementes, ajudado Napoleão a conquistar o Egito e a Europa. Sabe, meu caro — prosseguiu Derville após uma pausa —, que em nossa sociedade existem três homens, o padre, o médico e o homem de lei, que não podem ter estima pelo mundo? Eles usam trajes negros, talvez por guardarem o luto de todas as virtudes, de todas as ilusões. O mais infortunado dos três é o advogado. Quando o homem vai ver o padre, chega movido pelo arrependimento, pelo remorso, por crenças que o tornam interessante, que o engrandecem e consolam a alma do mediador, cuja tarefa não é levada adiante sem uma espécie de prazer: ele purifica, repara e reconcilia. Mas nós, advogados, vemos se repetirem os mesmos maus sentimentos, nada os corrige, nossos escritórios são esgotos que não se podem limpar. Quantas coisas aprendi

13 Em 1757, os prussianos derrotaram os franceses em Rossbach; já em 1806, o Exército de Napoleão massacrou os prussianos em Iena.

no exercício da minha função! Vi um pai morrer num celeiro, sem um tostão, abandonado por duas filhas a quem havia doado quarenta mil libras de renda! Vi testamentos serem queimados; vi mães despojarem seus filhos, maridos roubarem suas mulheres, mulheres matarem seus maridos valendo-se do amor que lhes inspiravam para torná-los loucos ou imbecis, a fim de viver em paz com um amante. Vi mulheres darem ao filho de um primeiro leito gostos que acarretariam sua morte, a fim de enriquecer o filho do amor. Não posso lhe contar tudo o que vi, porque vi crimes contra os quais a Justiça é impotente. Enfim, todos os horrores que os romancistas creem inventar ficam sempre aquém da verdade. O senhor vai conhecer todas essas belas coisas, deixo-as ao senhor; quanto a mim, vou viver no campo com minha mulher, Paris me horroriza.

— Já vi muitas no escritório de Desroches — respondeu Godeschal.

Paris, fevereiro-março de 1832

Choderlos de Laclos

As relações perigosas

Tradução de
DOROTHEÉ DE BRUCHARD

Durante alguns meses, um grupo peculiar da nobreza francesa troca cartas secretamente. No centro da intriga está o libertino visconde de Valmont, que tenta conquistar a presidenta de Tourvel, e a dissimulada marquesa de Merteuil, suposta confidente da jovem Cécile, a quem ela tenta convencer a se entregar a outro homem antes de se casar.

Lançado com grande sucesso na época, *As relações perigosas* teve vinte edições esgotadas apenas no primeiro ano de sua publicação. O livro ficou ainda mais popular depois de várias adaptações para o cinema, protagonizadas por estrelas hollywoodianas como Jeanne Moreau, Glenn Close e John Malkovich. E, também, boa parte do sucesso do romance deve-se ao fato de a história explorar com muita inteligência os caminhos obscuros do desejo. Esta edição, com tradução de Dorotheé de Bruchard, traz uma introdução da editora inglesa Helen Constantine.

D. H. Lawrence

O amante de Lady Chatterley

Tradução de
SERGIO FLAKSMAN
Introdução de
DORIS LESSING

Poucos meses depois de seu casamento, Constance Chatterley, uma garota criada numa família burguesa e liberal, vê seu marido partir rumo à guerra. O homem que ela recebe de volta está "em frangalhos", paralisado da cintura para baixo, e eles se recolhem na vasta propriedade rural dos Chatterley, nas Midlands inglesas. Inteiramente devotado à sua carreira literária e depois aos negócios da família, Clifford vai aos poucos se distanciando da mulher e dos amigos. Isolada, Constance encontra companhia no guarda-caças Oliver Mellors, um ex-soldado que resolveu viver no isolamento após sucessivos fracassos amorosos.

Último romance escrito por D.H. Lawrence, *O amante de lady Chatterley* foi banido em seu lançamento, em 1928, e só ganhou sua primeira edição oficial na Inglaterra em 1960, quando a editora Penguin enfrentou um processo de obscenidade para defender o livro. Àquela altura, já não espantava mais os leitores o uso de "palavras inapropriadas" e as descrições vivas e detalhadas dos encontros sexuais de Constance Chatterley e Oliver Mellors. O que sobressaía era a força literária de Lawrence, e a capacidade de capturar uma sociedade em transição, com suas novas regras e valores.

Jane Austen

Orgulho e preconceito

Tradução de
ALEXANDRE BARBOSA DE SOUZA
Prefácio e notas de
VIVIEN JONES
Introdução de
TONY TANNER

Na Inglaterra do final do século XVIII, as possibilidades de ascensão social eram limitadas para uma mulher sem dote. Elizabeth Bennet, no entanto, é um novo tipo de heroína, que não precisará de estereótipos femininos para conquistar o nobre Fitzwilliam Darcy e defender suas posições com a perfeita lucidez de uma filósofa liberal da província. Lizzy é uma espécie de Cinderela esclarecida, iluminista, protofeminista.

Neste clássico da literatura mundial que já deu origem a todo tipo de adaptação no cinema, na TV e na própria literatura, Jane Austen faz uma crítica à futilidade das mulheres na voz dessa admirável heroína — recompensada, ao final, com uma felicidade que não lhe parecia possível na classe em que nasceu. Em meio a isso, a autora constrói alguns dos mais perfeitos diálogos sobre a moral e os valores sociais da pseudoaristocracia inglesa.

Esta edição traz uma introdução de Tony Tanner, professor de literatura inglesa e norte-americana na Universidade de Cambridge, além de um prefácio de Vivien Jones, professora titular de inglês da Universidade de Leeds.

LEIA MAIS PENGUIN-COMPANHIA

CLÁSSICOS

Homero

Odisseia

Tradução de

FREDERICO LOURENÇO

A narrativa do regresso de Ulisses a sua terra natal é uma obra de importância sem paralelos na tradição literária ocidental. Sua influência atravessa os séculos e se espalha por todas as formas de arte, dos primórdios do teatro e da ópera até a produção cinematográfica recente. Seus episódios e personagens — a esposa fiel Penélope, o filho virtuoso Telêmaco, a possessiva ninfa Calipso, as sedutoras e perigosas sereias — são parte integrante e indelével de nosso repertório cultural.

Em seu tratado conhecido como *Poética*, Aristóteles resume o livro assim: "Um homem encontra-se no estrangeiro há muitos anos; está sozinho e o deus Posêidon o mantém sob vigilância hostil. Em casa, os pretendentes à mão de sua mulher estão esgotando seus recursos e conspirando para matar seu filho. Então, após enfrentar tempestades e sofrer um naufrágio, ele volta para casa, dá-se a conhecer e ataca os pretendentes: ele sobrevive e os pretendentes são exterminados".

Esta edição de *Odisseia* traz uma excelente introdução de Bernard Knox, que enriquece o debate dos estudiosos, mas principalmente serve de guia para estudantes e leitores, curiosos por conhecer o mais famoso épico de nossa literatura.

Esta obra foi composta em Sabon por warrakloureiro
e impressa em ofsete pela Geográfica sobre papel Pólen Soft
da Suzano Papel e Celulose para a Editora Schwarcz
em agosto de 2013